MODERN FANTASY STORY
텀블러 현대판타지 소설

중소기업 사위의 슬기로운 회귀생활

중소기업 사위의 슬기로운 회귀생활 제2권

초판 1쇄 인쇄일 | 2025년 03월 25일
초판 1쇄 발행일 | 2025년 04월 02일

지은이 | 텀블러
발행인 | 조승진

편집기획팀 | 김정환, 신현우
출판제작팀 | 이상민, 홍성희

펴낸곳 | 데이즈엔터(주)
주소 | (07551) 서울, 강서구 양천로 570, NH서울축산농협 NH서울타워 19층(등촌동)
전화 | 02-2013-5665(代) | **FAX** 032-3479-9872
등록번호 | 제 2023-000050호
홈페이지 | www.daysenter.com
E-mail | alldays1@daysenter.com

ⓒ 2025, 텀블러

이 책은 데이즈엔터(주)가 작가와의 계약에 따라 발행한 것이므로
본사의 서면 동의 없이는 어떠한 방법으로도 이용할 수 없습니다.

ISBN 979-11-427-0385-0
ISBN 979-11-427-0383-6 (세트)

※잘못된 책은 본사나 구입처에서 교환하여 드립니다.
※저자와의 합의하에 인지를 붙이지 않습니다.

※ 본 작품은 픽션입니다.
　본 작품에 등장하는 인물, 단체, 지명, 국명, 사건 등은 실존과는 일절 관계가 없습니다.

중소기업 사위의 슬기로운 회귀생활

제1장 새로운 사업 아이템	009
제2장 알박기	037
제3장 서포트	063
제4장 대만	091
제5장 확장	119
제6장 인수자금	145
제7장 물류 혁신	171
제8장 빌드업	199
제9장 공장 증설	225
제10장 체계	253
제11장 백년손님이 만드는 백년기업	281
제12장 파도의 시작과 끝	307

이른 아침이다.

지이이잉…!

얼마 전에 설치해 놓은 가정용 팩시밀리에서 용지가 쭉 뽑혀 나온다.

[…귀하의 제안에 감사의 인사를 표하며…]
[싱가포르 국토개발부…]

인호는 베트남 토지를 매입하자마자 개발계획을 세웠고, 그 계획을 한창 실행 중에 있다.

오늘은 그 계획의 첫발을 떼게 되었다.

"남편이! 아침 먹어!"

"응! 서아 기저귀만 좀 갈고!"

아침부터 부산하게 움직이는 인호네 부부.

한껏 늘어지게 잔 서아는 기저귀를 갈고 있는데 방긋방긋 잘도 웃는다.

"헤헤헤!"

"우리 딸, 아침부터 예쁘네! 누구 닮았어?!"

"암마마마!"

"…아, 뭐 그건 그렇지!"

"압빠빠바!"

조막만 한 양손으로 양 볼을 잡곤 입술로 콧물을 빨아먹는 서아의 필살기에 아빠는 그냥 살살 녹아 버리고 만다.

"으하하하! 간지러워!"

"헤헤헤!"

"이런 불여시 같으니! 배방구다!"

푸우우우!

"꺄하하하!"

보드라운 배를 입으로 푸우 하고 불어 주니 서아가 자지러지듯 웃으며 좋아한다.

한참을 웃던 서아는 두 팔을 벌려 인호의 목덜미에 착 붙더니 얼굴에 볼을 비비적거린다.

"헤헤, 조타!"

"좋다고? 어이쿠, 우리 딸이 벌써 말을 다 할 줄 아네?"

"조타, 조타!"

"천재야, 천재!"

남들보다 부지런히 사는 것도 좋지만, 그보다 더 중요한 것은 마음의 평안이다.

아무리 새벽같이 일어나 열심히 산다고 해도, 마음에 여유가 없으면 아침부터 이렇게 딸과의 시간을 보낼 수가 없다.

이게 바로 여유가 주는 마음의 평화인 것이다.

"얼씨구! 아침부터 둘이 아주 눈꼴시어 못 봐주겠네!"

"헤헤, 암마마마마!"

"으이그, 불여시! 내가 아주 못 살아!"

"으헤헤헤!"

"히힛, 못 살아!"

"꺄하하하!"

서아의 볼이며 목덜미며 이곳저곳을 마구 비비적거리는 엄마의 사랑법은 아빠보다는 부드럽고, 어딘지 몽글몽글한 느낌이 든다.

'아, 회사 가기 싫다.'

이 모녀를 보고 있자니 돌연 집 밖으로 나가기 싫다는 생각이 든다.

지금까지 태어나서 이런 생각을 해 본 적은 결단코 처음이었다.

아마도 인호의 인생이 커다란 전환기를 맞음으로써 생긴 내적인 변화임이 틀림없다.

이런 내적인 변화, 인호는 싫지 않았다.

"아 참, 남편이! 밥 먹고 보약 먹어!"

"음? 갑자기 무슨 보약? 나 아직 팔팔한데!"

"아빠가 큰언니한테 부탁해서 십전대보탕을 맞춰 났대! 용한 한의원에서 비싼 돈 주고 맞췄다고, 다 먹으래!"

"…엉? 장인어른이 내 보약을 지어 주셨다고?"

"헤헤, 아빠가 사위를 억수로 챙기나 봐!"

지금까지 장인이 이런 깜짝 이벤트를 준비한 적은 한 번도 없었다. 심지어 전생에서도 죽는 날까지 장인은 인호에게 선물이란 걸 해 본 역사가 없었다.

'…장족의 발전인데?'

장인과의 사이가 이렇게까지 가까워졌다는 건 분명 좋은 징조다.

아침을 먹고 말끔히 다려진 양복을 입는 인호.

그런 그에게 아내가 깜짝 놀랄 소식을 전해 준다.

"짜잔! 이거!"

"…어? 명함?!"

아내가 아침부터 건네준 것은 바로 공인회계사 명함이었다.

비록 수습이지만, 떡하니 CPA 인증까지 박힌 제대로 된

명함이다.

"어때?! 짱이지?"

"수습자리 알아본다더니, 진짜로 찾았네?!"

"우리 학교 조교 언니가 이번에 회계사 사무소를 차렸대! 사모펀드 상대로 감사업무 외주를 많이 받는다고, 나더러 수습 겸 회계사로 입사를 할 생각 없냐는 거야. 재택근무 조건까지 맞춰 준다고 그래서 당장 오케이 했지!"

이제 대한민국에도 선진금융기법이 도입되기 시작하면서 토종 사모펀드가 슬슬 자리를 잡기 시작하고 있다. 덕분에 공인회계사들의 몸값이 서서히 올라가는 중이다.

'덕분에 우리 마누라도 좋은 자리 얻었고, 나쁘지 않은데!'

아내가 취직을 했으니 인호는 이제 어떻게 해서든 아내를 외조할 생각이다.

"내가 외조 잘해 줄게!"

"헤헷, 고마워!"

든든한 조력자가 되어 줘야겠다는 생각.

인호는 그런 생각이 들면서도 한편으로는 투자에 대한 신호를 감지했다.

'이런 그림이면 뭐, 오늘 아침부터 아주 재미있는 광경이 펼쳐지겠는데?'

[US내셔널 에너지 유니온]
[현재 주가 : 202.5달러(US/D)(35%▲)]
[총평가금액 : 6,682,500달러(US/D)]

출근길 지하철 안에서 PDA를 확인하는 인호의 표정이 환하게 밝아진다.
이익금만 한화로 21억 상당.
'크흐! 그래, 바로 이거지!'
달러화 강세에 유가는 하락, 에너지 산업은 상승세에 있었다. 또한, 그 주가는 연일 상한가를 부르짖었다.
상승기류의 압력이 너무 높다는 애널리스트들의 경고에도 메이저 시장의 주가를 미친 듯이 밀어 올릴 수 있는 자금력이 힘을 발휘하고 있는 것이었다.
'이러니 한국에도 사모펀드가 자꾸 생기기 시작하는 거지!'
넘쳐나는 뉴욕증시의 돈이 한국에까지 범람해서 빠르게 머리가 돌아가는 투자전문가들을 자극하는 것이다.

[매각주문]
[매각물량 : 33,000주]

일단 손을 턴다.

'작전주로 35% 먹었으면 됐지, 뭐!'

뉴욕증시의 작전주는 생각보다 구조가 복잡하다. 잘못하면 개미가 타죽기 딱 좋은 시장이 바로 뉴욕이다.

하나 타이밍만 잘 맞추면 이런 시장에서도 높은 수익을 기대할 수 있다.

'흠! 이제 그럼 스위칭 전략 한번 가 볼까?'

주식은 한 가지 불변의 법칙이 존재한다.

그건 바로 한쪽이 돈을 벌면 다른 한쪽은 돈을 잃게 된다는 것.

그 말인즉, 마치 시소처럼 한쪽으로 기울어진 채 등락을 반복하는 '카운터파티' 개념의 시장이 존재한다는 것이다.

[헤드라인 : 싱가포르, 인도네시아와 원자재 수출입 협상 결렬…]

[헤드라인 : 아시아 시장에서 빠져나가기 시작하는 자본. 과연 그 행방은 어디로…?]

'타이밍 딱 좋네. 싱가포르, 인니, 말레이가 아주 드잡이 하면서 환율을 개판으로 만들고 있잖아?'

환율이 상승하고 아시아 시장의 자본이 마르면 미국증시가 흥하기 시작한다. 싱가포르와 인도네시아, 말레이시아가 싸우는 것도 미국증시가 흥해서 아시아 시장에서 밥그

릇 싸움을 할 수밖에 없기 때문이다.
 '오케이 때리시고, 바로 달러화 고고씽!'
 PDA를 통해 선물환, 달러선물 인덱스 펀드를 수배해 본다.

[론더버리 달러선물 인덱스]
[현재가 : 12.25달러(US/D)]
[등락폭 : -%(-)

[United Credit Banker FHC currency futures]
[종목 : US/D, GB/P]
[거래단위 : 100,000]

 '달러화 인덱스는 횡보 중이고…. 오호, UCBF에서 여전히 통화선물을 운용 중이로군.'
 인호의 투자전략은 작전주가 만들어 낸 기믹을 활용한 '시소' 전략이다.
 뉴욕증시의 작전주들은 '이것들아, 지금이 달러화 강세다! 그러니까 우리 주식을 사라!' 라는 식의 기믹을 만들어 내고 있었다.
 안 그래도 강세장이 될 여지가 충분한 뉴욕증시에 펌프질을 엄청나게 해대고 있다는 뜻이다.

'달러화 가치가 하락했다고 에너지 관련주를 엄청나게 올려 놨으니, 이번엔 달러화 가치가 상승한다고 기믹질을 해대서 돈을 뜯어낼 작정이겠지!'

어느 시장에서 뭘 팔든 간에, 어떻게 하면 이 물건을 비싸게 팔아먹을 수 있느냐가 관건이다.

그 관건의 핵심전략이 바로 판을 키우는 '기믹전략'인 것이다.

'여기서 그럼 바로 매수 지르고!'

지난번 팔라듐 풋옵션의 카운터파트너였던 UCBF에 선물환 거래 제안을 넣으면서 론더버리 인덱스 펀드를 매입하기 위해 예약주문을 건다.

[통화선물 거래 신청 완료]
[종목 : 달러, 파운드]

[론더버리 달러선물 인덱스 예약]
[예약물량 : 489,795주]
[총예약금액 : 5,999,988.75달러(US/D)]

오늘 밤에 뉴욕증시가 열리면 주문이 체결될 것이고, 달러계좌에 돈이 입금되면 주문은 완료된다.

이제 돈은 알아서 벌릴 것이다.

'자, 그럼 이제 아성철강 차례인가?'
개인투자는 성공, 아성철강의 배를 불려 줄 차례이다.

"최인호 대리, 사장님 호출이요."
"넵!"
출근도장을 찍자마자 장인의 호출이 떨어졌다.
대표이사 집무실로 들어가 보니, 짐짓 심각한 표정의 장인이 회계사 홍유성과 독대하고 있었다.
홍유성은 인호를 반갑게 맞이한다.
"아! 동생 왔어?"
"형님! 아침부터 어쩐 일이세요?"
장인은 홍유성을 대신해서 인호에게 답을 준다.
"거래처에서 자꾸 출하물량을 줄여 달라고 요청이 와서 말이야. 이참에 회계법인이랑 같이 재고 실사 좀 하려고 해."
"음…!"
"자네가 수출입을 담당하고 있으니까 거래처 관리하는 김에 같이 실사 좀 하고 와."
무려 3개월 동안이나 입찰을 다니면서 죽을 똥을 싸 가며 매출을 올려 놨더니 기존 거래처들이 거래량을 줄여 달라는 것이었다.
'이제 슬슬 그럴 때도 됐지!'

대한민국 주택시장은 슬슬 호황으로 접어들고 있지만, 수출의 메이저 시장인 미국은 그렇지 못했다.

건축용 골조와 철근 2차 가공품을 대대적으로 수출하는 청천시의 건자재 업자들은 수출물량 감소로 서서히 사세가 위축되고 있던 것이었다.

"그럼 가는 김에 대만 입찰에 낼 보고서도 작성하고 오겠습니다!"

"입찰 보고서? 아, 생산시설 점검 말이야?"

"얼마 전에 설비를 갈아치워서 공법이 많이 바뀌었잖습니까. 이참에 눈으로 더블 체크도 좀 하고, 뭐 그러려고요!"

"음, 그래? 그럼 같이 가세."

"그러시죠!"

얼떨결에 장인과 홍유성 이렇게 셋이서 공장을 둘러보게 되었다.

김 비서는 회사에 남아 실무를 정리해야 했기에 운전대는 인호가 잡았다.

운전대를 잡은 인호에게 홍유성이 묻는다.

"요즘 싱가포르, 인니 관계가 최악이라던데, 미국시장까지 막히면 큰일 아니야?"

"문제이긴 하죠! 거래처에서 물량 조절해 달라는 것도 그런 이유일 테니까요."

얼마 전까지 지하철공사에 매진했던 대만, 홍콩에 이어 싱가포르는 철근 수출이 꾸준한 주요 수출국으로 손꼽힌다.

한데 싱가포르 제조산업 원자재 주요 수입처인 인도네시아와 마찰을 빚기 시작하면서 개발 기조마저 흔들리고 있는 것이었다.

"싱가포르의 대한국 수입물량이 꽤나 줄었다던데, 뭔가 대책이 필요하지 않겠어?"

역시 철강전문 회계사다운 날카로운 지적이었다.

올해 감사는 어찌어찌 잘 넘어갔지만, 이대라면 내년 주주총회에선 좋은 성적을 받기 어려울 수도 있기에 홍유성은 최선을 다해 서포트 하는 것이었다.

"그래서 인도차이나반도 입찰에 최선을 다하고 있는 거죠!"

"흠…, 그렇다면 이제 곧 베트남 항만 공사가 진행되겠군?"

"그 전에 일단은 항만 근처 모래부터 좀 치우고 시작하려고요!"

"아! 하긴 메콩강 하류 모래톱이 정말 악랄하기로 유명하지."

과거 월남전이 시작될 당시, 미군은 남베트남의 수도이자 현 호찌민 부근인 '사이공' 지역에 물자를 수송하려다가 실패해 몹시도 애를 먹었었다.

사실상 물자수송에 실패해서 전쟁에서 패배했다는 말이 나돌았을 정도로 메콩강 하류의 모래톱은 악명이 자자했다.

인호는 룸미러 너머로 뒷좌석에 앉은 장인을 바라보며 묻는다.

"장인어른! 혹시 잘 아는 입항 예부선 사업자가 있을까요?"

"입항 예부선? 음! 모래를 퍼 올리려는 모양이로군."

"넵!"

입항 예부선, 모래채취 선박이라고도 불리는 이 배는 강이나 바다의 모래를 지상으로 끌어올리는 역할을 한다. 주로 공사용 골재채취에 사용되지만, 항만을 정비할 때에도 동원된다.

"그나저나 그 많은 모래를 다 어떻게 처리한다…."

"처리비용이 만만치 않을 것 같은데 말입니다. 베트남 현지에 처리시설을 알아봐야 하는 거 아닙니까?"

끝도 없이 흘러내리는 토사를 치워 내는 건 결코 쉬운 일이 아니다.

만약 그리 간단한 일이었다면 베트남 정부가 항만개발을 등한시했을 이유가 없다.

한마디로 이건 밑 빠진 독에 물 붓기나 마찬가지라는 뜻.

'그럴 줄 알고 준비했지!'

이럴 때를 대비해서 싱가포르에 제안서를 보낸 것이었다.

빙그레 웃는 인호.

"모든 물건에는 다 임자가 있기 마련이죠!"

[간척사업 골재조달사업자로 선정되었음을 알려 드립니다…]

[from Ministry of National Development(싱가포르 국토개발부)]

골재, 즉 건설행위를 하는 데 필요한 모래나 자갈 따위를 이르는 말이다.

고로 그걸 싱가포르 정부에 판매할 수 있는 자격을 얻었다는 뜻.

"…대체 이걸 언제부터 계획했던 거야?"

"그리 오래된 계획은 아닙니다. 우리가 베트남에 토지를 매입했을 때부터일 겁니다!"

싱가포르는 좁은 대지면적을 넓히기 위해서 꾸준히 간척사업을 진행 중이었다.

한데 최근 인도네시아, 말레이시아와의 잦은 무역마찰과 더불어 인도네시아 내 골재 수출이 금지되면서 싱가포르는 제1 골재수입국을 잃고 고심하던 참이었다.

인호는 그 틈바구니를 아주 날카롭게 비집고 들어가 제대로 골든벨을 울린 것이었다.

"인니, 말레이가 싱가포르를 아주 말려 죽이겠다고 설치지만, 그게 어디 쉽겠습니까? 영국, 프랑스 자본만 달려들어도 채권 때문에 말라죽는 쪽은 인니와 말레이 아닙니까!"

영국과 프랑스의 대아시아 물류거점이 바로 싱가포르이다.

싱가포르가 허우적거리는 건 절대 두고만 보지는 않을 것이다.

"음…, 그건 그렇지. 작년만 해도 프랑스에서 발행한 인도네시아 채권만 벌써 수억 달러라고 하던데."

"그게 차곡차곡 쌓이니 함부로 못 움직인다는 겁니다!"

"그래서 간척사업은 계속 진행되지만, 인니에서 자존심 때문에라도 골재를 내어 주지 않는다는 뜻이야?"

"지금 인니에서 골재를 빼 가면 매국노라고 한답니다. 자국의 영토를 깎아서 왜 남의 나라 영토를 넓혀 주냐면서 말이죠!"

"하긴 요즘 안 그래도 환경문제가 심각하다는 비판의 목소리가 커지고 있긴 하지."

"그건 인도네시아 역시 마찬가지라 이겁니다!"

새로운 사업 아이템

분쟁은 일어나도 공사는 계속된다.

이것이 바로 인호가 가지고 있던 강력한 카드였다.

"입항 예부선을 섭외해서 모래만 퍼내면, 가지고 가서 쌓는 건 싱가포르에서 알아서 할 겁니다!"

"가져가는 쪽이 쌓는 일까지 해야 한다고?"

"원래 무역이라는 게, 급한 쪽에서 한 수 접어 주게 되어 있거든요!"

"오…?"

"무역에는 인도조건이라는 게 있잖습니까? 그 조건이라는 게 보통은 급한 쪽이 더 불리하게 되어 있습니다. 어떻게든 교역품을 구해야 하는 마당에 이것저것 따질 처지가 아니라는 겁니다."

무역을 잘 아는 사람은 배짱도 잘 튕긴다.

이래서 아는 게 힘이라는 것이다.

"…역시, 자네는 다 계획이 있었던 것이로군."

"조만간 부수입이 짭짤하게 떨어질 겁니다!"

"모래 가격이 그렇게나 올라갔던가?"

인호는 고개를 가로젓는다.

"으음, 아니죠! 아까 거론되었던 매출 부재 있잖습니까? 그걸 채워 줄 곳이 바로 싱가포르라는 겁니다."

"아…!"

"때론 돈보다 건수가 우선이 될 때가 있죠!"

아무리 작은 톱니바퀴라도 다시 볼 필요가 있다.
바로 지금처럼 말이다.

까앙, 까앙…!
귓전을 날카롭게 울리는 쇳소리가 가득한 철근공장.
투자성과로 설치한 설비들은 반짝반짝 빛이 났고, 기술자들의 얼굴에는 웃음꽃이 가득했다.

[평균 강도 : 12%▲]

전체적인 강도가 12% 정도 상승했다는 내용이 전광판에 떡하니 박혀 있다.
"이야, 역시 돈이 좋긴 좋네요!"
"인장강도가 제일 문제였는데, 그 부분이 해결되니 속이 시원하군."
철근은 단단하고 유연해야 한다.
공사현장에서 사용되는 콘크리트를 떠받치는 골조 역할을 해 주는 것이 철근이기에, 압력에 얼마나 더 잘 견디고 잘 늘어나는지가 관건인 것이다.
"그럼 단가조정은 어떻게 되는 겁니까?"
전속 회계사인 홍유성은 역시 돈에 제일 관심이 많았다.
단가 얘기에 장인은 인호에게 바통을 넘긴다.

"수출담당이 얘기해 봐. 어떻게 하는 게 좋겠어?"

"톤당 5천 원 정도 올리면 딱 맞을 것 같은데요?"

불과 얼마 전까지만 해도 아성철강은 평균 강도에 비해 다소 처지는 모습을 보였었는데, 이는 노후설비로 인한 제품의 한계에 도달한 것이었다.

하나 이제는 얘기가 달라졌다.

공법 자체를 바꾸는 설비교체가 이뤄지다 보니 품질은 비교 불가였다.

"톤당 5천 원이라…."

인상에 대한 의견을 냈지만, 홍유성은 그다지 마음에 들지 않는 모양이었다.

말끝을 흐리는 홍유성에게 장인이 묻는다.

"왜? 뭔가 좀 마음에 안 드는 구석이 있는 건가?"

"요즘 너 나 할 것 없이 철근 가격을 올리는 추세 아닙니까. 사실 이 정도 품질이면 서울, 경기권에서는 찾아보기 힘든 퀄리티인데, 가격을 좀 올려도 되지 않나 싶어서 말입니다."

한국 메이저 업체들과의 격차가 상당히 많이 좁혀졌으니 가격을 올리자는 것이다.

하나 인호는 그 의견에 동의할 수 없었다.

"이제 막 격차가 좁혀졌는데, 가격경쟁력을 잃으면 곤란합니다!"

"맞아, 그건 나 역시 같은 생각일세. 지금의 시장보다는 조금 더 넓은 곳을 볼 줄 알아야지."

장인 역시 오래도록 이 업계에 있다 보니 기술격차만큼이나 가격경쟁력이 얼마나 중요한지 잘 알고 있는 것이다.

홍유성은 장인과 사위의 의견 일치에 절로 고개를 끄덕인다.

"가격경쟁력이라…."

"지금부터가 시작이랄까요? 앞으로 건설업계에는 철강이 더 많이 쓰일 테고, 그만큼 더 많은 신뢰가 필요할 것 아닙니까? 건설 부문으로 진출하자면 지금부터 해야 할 일이 산더미인데, 가격경쟁력부터 다져 놔야 시장에서 우위를 점할 수 있겠죠!"

인호의 역설에 장인도 고개를 절로 끄덕인다.

과거 아성철강이 겪었던 품질저하를 생각하면 장족의 발전이지만, 아직 갈 길이 멀다.

그 길을 가기 위해서라도 가격경쟁력은 첫 단추를 낀 것이나 마찬가지였다.

홍유성은 여기서 한 가지 질문을 던진다.

"하지만 아무리 그래도 가격경쟁력에서도 한 번쯤은 벽에 부딪힐 텐데, 앞으로 그런 문제는 어떻게 해결하려는 겁니까?"

회계사로서 아주 날카로운 부분을 찔렀다.

인호는 이 문제에 대한 답을 하나로 일축했다.

"밸류체인에서 우위를 점하면 됩니다!"

"음…!"

기업 활동을 뜻하는 단어 중에는 밸류체인(value chain), 즉 가치사슬이라는 것이 있다.

상품이라는 것이 만들어지기 위해서는 세부공정 하나하나가 모여야 하고, 그것은 사슬처럼 하나로 묶여 있다.

인호가 생각하는 그림은 이 밸류체인의 상위공정까지 선점해서 최소 세 개 이상의 우위를 점한다는 것이다.

"물류가 되었든, 원자재 확보가 되었든 간에 우리가 밸류체인에서 상위 한 가지라도 우위를 확보하게 되면 일감은 언제든지 밀려들어 올 겁니다. 그럼 가격경쟁력에서는 당연히 우위를 점하게 되겠죠!"

"…그런 방법이 있었군. 그렇다면 베트남 진출이라든지 인도차이나반도 진출도 그런 맥락이겠네?"

"넵! 그런 셈이죠."

인호의 계획에는 연결고리가 없는 게 없었다.

만약 연결고리가 하나라도 빠지면 절대 이룩할 수 없는 미래이기 때문이다.

"그런데 이렇게까지 단가에 대해 자세히 묻는 건 왜 그런 건가?"

워낙 깊게 파고드는 홍유성에게 의문을 품은 장인.

홍유성은 그에 대해 아주 짧지만 명료한 답을 주었다.

"관세 때문입니다."

"…음!"

"이제부터 수출입은 관세와의 싸움입니다. 아주 작은 부분 하나라도 놓치면 관세폭탄을 맞을 수 있으므로 지금부터라도 소명자료를 아주 알차게 만들어 놓을 필요가 있는 겁니다."

이것이 바로 인호가 홍유성을 선점한 이유였다.

철강의 이해도가 높아 다방면으로 이익을 가져다줄 회계사.

이런 사람은 주변에서 쉽게 찾기가 어렵다.

'크, 진국이다! 제대로 진국이야!'

속으로 감탄사를 내뱉은 인호에게 홍유성이 말한다.

"참…, 짜임새가 좋아! 고향 동생이라서가 아니라, 정말로 대단해!"

"하핫! 별말씀을요!"

감탄한 것은 인호만이 아니었다.

인호에 대한 홍유성의 신뢰가 더 두터워졌다는 건, 눈빛만 봐도 알 수 있다.

'이러면서 사이가 더 끈끈해지는 건가!'

서서히 지역사회에 녹아들기 시작하는 인호.

탄탄한 기반이 잡혀 가고 있다는 뜻이다.

끼이이이이잉…!

강판을 용접하는 소리와 함께 번쩍이는 섬광이 사방을 환하게 밝히고 있었다.

열연강판 2차 가공품, 즉 냉연강판 제품을 만들고 있는 강판제조공장을 찾은 인호 일행.

"이게 바로 신형장비로 찍어 낸 선박 엔진부품입니다. 강판을 성형해서 만들었죠!"

신형 프레스와 각종 성형도구로 가공하고 깎아 내어 만든 선박 엔진부품들이 인호의 앞에 선을 보인다.

매의 눈으로 부품들을 살펴보는 장인.

"음…! 내 생각보다는 성능이 약간 떨어지는 것 같은데?"

"아…!"

교체한 설비를 운용하는 데 있어서 아직까지는 기대했던 숙련도가 나와 주지 않은 것 같다.

밸류체인에서 우위를 점하기 위해서는 주력상품에서 파생되는 각종 2차 생산품의 품질 또한 상당히 중요하다.

철근을 잘 만드는 회사가 선박부품도 잘 만든다. 그 말인즉슨, 모든 철강가공품을 잘 다룬다는 뜻이 된다.

바이어의 니즈. 그러니까 부품을 사 주는 사람들조차도 놀라서 돈을 싸 짊어지고 올 만한 지표를 만들어 내야 한다는 뜻이다.

"이게 지금 강도라든가 생산효율이 얼마나 올라간 건가?"

"대략 5~7% 정도 됩니다."

"음!"

"생산방식이 갑자기 바뀌다 보니까 아직 효율이 그다지 높지는 않은 것 같습니다. 하지만 품질만큼은 엄청나게 개선됐습니다!"

영 마뜩잖다는 듯한 표정의 장인.

하나 인호의 생각은 달랐다.

'중요한 건 숙련도만이 아니야. 숙련도와 같이 이해도가 같이 높아야 하는 거지!'

아무리 숙련도가 높아도 설비가 바뀌면 사람은 헤매기 마련이다. 한데 그 헤매는 시간이 다른 사람들보다 짧다면?

빠르게 변하는 생산 트렌드에 발을 맞출 수 있다는 엄청난 장점이 된다.

"그래도 이 정도면 빠르게 적응한 편이라고 할 수 있지 않겠습니까?"

옆에서 지켜보던 홍유성이 기술자들을 두둔하고 나섰다.

하나 장인은 여전히 못내 아쉬운 표정이다.

"소비자들은 우리를 기다려 주지 않아. 특히나 해운의 경우엔 더더욱 그렇지."

"그건 그렇습니다만."
"다음번 방문 때에는 조금 더 나은 모습을 기대하겠네."
"네, 사장님!"
이건 장인의 말이 백번 맞았다.

우리가 변할 때까지 고객들은 사정을 봐주지 않으며, 우리의 실수를 절대 곱게 넘겨주지 않는다.

이것이 바로 시장이라는 곳이고, 경쟁이라는 체계가 발생하게 되는 근간이니까.

"그나저나 선박부품이 꽤 많이 팔리나 본데?"
"지금도 꾸준히 주문이 들어오고 있습니다. 원래는 일본으로 넘어갔어야 할 주문들이 수지악화 때문에 우리에게로 돌아오고 있는 겁니다."

"일본의 부진이 우리에게 도움이 될 때가 다 있군."

일본의 최대수출국은 미국이다. 그런데 미국에서 거듭 관세를 인상하니 수지가 악화되어 손 쓸 틈이 없는 것이었다.

그런 그들에게 선박부품 수주는 그렇게까지 큰 이윤을 가져다주지 못한다는 뜻이다.

'이 또한 틈새시장이 되겠지!'

이런 식으로 꾸준히 기술력을 쌓고 경험치를 축적하다 보면, 결국 선박부품 업계에서 아성철강은 독보적인 입지를 다질 수 있게 될 것이다.

다만 그렇게 하자면 아직도 갈 길이 멀고 험하다.

"최 대리."

"넵!"

"이 정도로 PF를 제대로 받아낼 수나 있겠어?"

장인은 모든 게 마음에 안 드는 것이다.

하나 인호에게는 이 정도만으로도 충분했다.

중요한 것은 물건을 어떻게 포장해서 파느냐, 그것이었기 때문이다.

"네, 그럼요! 통과는 쌉가능입니다!"

"뭔 가능…?"

"아무튼, 출하 준비만 잘해 놓으면, 길은 제가 알아서 뚫겠습니다!"

"자신감 넘치는데? 그것에 대한 근거는 충분히 있는 거겠지?"

"당연하죠! 그러려고 알박기까지 해 놓은 건데!"

"…알박기?"

"아니, 그러니까… 이게 지금 아성철강이 얼마 전에 매입한 부동산이라는 거잖아요?"

"그렇습니다. 얼마 안 됐습니다."

이대한 부장은 아성철강의 프로젝트 파이낸싱을 완성시키기 위해 대만 출장도 마다하지 않는 열정을 보여 주고 있었다.

TWK의 프로젝트 파이낸싱 담당자 왕취신은 동료들에게 베트남 부동산의 위치가 그려진 지도를 보여 주며 의견을 나누기 시작했다.

"절묘한데?"

"…음, 이게 결국 한국인 손에 들어가 버리는군!"

감탄사를 연발하는 왕취신과 그 동료들.

프로젝트 파이낸싱을 담당하다 보니 부동산에 조예가 깊어진 그들은 특히나 동남아시아 지리에 상당히 밝은 편이었다.

 그런 그들조차도 감탄을 금치 못할 입지가 바로 아성철강의 항만인 것이다.

 "아성철강에 부동산 전문가가 상주해 있나요? 선견지명이 아주 장난이 아닌데요?"

 "그렇습니까?"

 "국가관리지역을 제외한다면 그나마 다닐 만한 길이 딱 여기 한 곳뿐인데, 여기에 떡하니 항만창고를 짓겠다니. 체스로 치면 거의 체크메이트 수준이라는 겁니다."

 왕취신은 더 볼 것도 없다는 듯, 승인서류에 도장을 찍는다.

 쿵!

 "됐습니다. 우리는 승인하기로 했으니, 세부조정은 페이퍼컴퍼니가 설립된 이후에 다시 해보기로 하죠."

 "감사합니다!"

 "후후, 감사라니요. 감사는 우리가 해야 할 것 같은데."

 그야말로 프로젝트 파이낸싱은 일사천리로 마무리되었다.

 기분 좋게 서류를 갈무리하는 이대한에게 왕취신이 묻는다.

"이후에 그레이트 메콩 프로젝트에 입찰한다고 했던가요?"

"네, 맞습니다. 그걸 위한 항만창고이니까요."

"아귀가 딱딱 맞아떨어지네요. 지금 이 시즌이면 중국으로 수입식료품이 엄청나게 넘어갈 때인데."

"수입식료품이라니요? 중국에서도 먹거리를 수입합니까?"

왕취신이 황당하다는 듯이 되묻는다.

"중국 사람들이라고 해서 찻물에 밥만 말아 먹지는 않을 거 아닙니까?"

"아…!"

"요즘 새우가 그렇게 잘 팔린다던데, 마침 인도차이나반도 인근에서 대량 생산을 하니 항만창고에 냉동창고 하나만 들여놓으면 돈 버는 건 시간문제이겠는데요?"

미처 생각지도 못했던 사실에 이대한의 입이 떡 벌어졌다.

장인 앞에 당당하게 PF 계약서류를 내미는 인호.

"보십쇼! 제가 뭐랬습니까?"

"…이게 진짜로 되네."

"될 만한 거니까 된다고 말씀드렸던 겁니다. 안 될 것 같았으면 애초에 거론조차 안 했겠죠!"

프로젝트 파이낸싱이 승인되면 대만 입찰은 그야말로 일사천리로 진행될 일이었다.

그걸 위한 부동산 매입이었고, 결국 인호의 선택은 신의 한 수가 된 것이었다.

"모래 퍼서 팔아먹는 건 베트남 정부 승인을 받은 거지?"

"네, 그럼요! 싱가포르 정부에 제안서 보낼 때 이미 받아놨지요!"

입항 예부선을 띄우려면 먼저 승인부터 받아야 하는 게 상식이므로 인호는 베트남 정부의 공식 허가서까지 취득해 두었었다.

이제 더 이상 거리낄 것은 없었다.

"그럼 이제 골재업자만 섭외하면 되는 거네?"

"넵!"

장인은 주머니에서 명함을 한 장 꺼내어 인호에게 건넨다.

[성윤골재 최성묵]

"상진시 최 사장이라고, 이 바닥에서는 알아주는 골재업자야. 발도 넓고."

"아하! 이분이 바로 최 사장님이시군요! 별명이 삽자루 아닙니까?"

명함을 받은 인호의 얼굴이 대번에 밝아졌다.

고개를 갸웃거리는 장인.

"…어? 자네가 최 사장을 어떻게 알아?"

"그냥 건너건너 압니다! 사실은 이름만 아는 분이긴 한데, 명성이야 익히 들어 잘 알고 있죠!"

인호가 굳이 장인에게서 골재사업자를 소개받은 것에는 다 이유가 있었다.

바로 최성묵이라는 인연을 엮기 위함이었다.

이번 생에선 연이 없지만, 성윤골재 최성묵과는 전생에서 인연이 있었다.

당시 인호는 입찰이라면 무엇이든 하는 사람이었는데, 경기 서부 상진시의 골재사업자 최성묵의 하청으로 들어가 일을 한 적도 있었다.

'나쁘지 않은 사람이지. 뒤통수를 좀 많이 맞아서 그게 문제였지만!'

최성묵은 유난히도 미수금 문제로 자주 얽히곤 했었는데, 결국에는 공사만 실컷 해 주고 돈을 제대로 못 받아 빚에 짓눌려서 사업을 관두게 된다.

'일 잘하지, 발 넓지! 내가 돈만 딱 잘 받아 주면 끝난단 얘기!'

골재사업자는 앞으로도 만날 일이 많은 사람이다.

이 사람을 잡아야 사업이 제대로 돌아간다는 뜻이다.
"이 친구, 다 좋은데 조금 물렁이 같은 면이 있어. 그건 자네가 잘 알아 둬야 할 거야."
"그건 상관없습니다! 제가 돌탱이니까요!"
"하긴 자네 같은 짱돌이 옆에 있는데 뭔 걱정이겠나?"
돈을 안 갚는다?
그럼 아주 짱돌로 머리를 찍어 버리면 된다.
'이참에 아주 채권부터 깔끔하게 정리해 줘야겠어!'

다음날 오후, 입항 예부선 사업자 최성묵을 찾아간 인호.
"요즘 같은 시기에 모래채취 선단을 꾸리겠다니, 깡다구 좋은데?"
서글서글한 인상의 듬직한 덩치.
일 잘하고 사람 좋은, 전형적인 인상의 사업자.
그게 바로 최성묵이다.
"제가 원래 깡다구 빼면 시체라서 말입니다!"
"듣던 대로 짱짱하게 생겼네!"
"헤헷, 감사합니다!"
"그나저나 요즘 같은 시국에 모래를 대체 어디서 채취하려는 거야?"
지금 이 시기에는 모래를 채취하기가 상당히 어렵다.
특히나 최성묵이 활동하는 이곳 한국 서해안 일대에선

모래 구하는 게 하늘의 별 따기다.

"용담댐이 지금 방류를 멈추었다고 했던가요?"

"맞아, 이제 곧 파종시기이고 해서 용담댐이 담수시기가 되거든."

전북 진안의 용담호에서 출발하는 강줄기는 금강, 만경강으로 흘러간다.

이 하류지역에는 자연적으로 토사가 축적되는데, 이곳에서 채취하는 모래의 품질은 최상급이다.

자연적으로 생성되는 토사, 최상급의 강사. 그야말로 최고의 골재채취 지역이지만, 지금은 채취 자체가 불가능한 시점이다.

"이제 조금만 더 있으면 부여에서도 강사채취를 막을지도 모른다던데, 우리로선 사실 어디에서 작업을 해야 할지 막막한 상황이거든."

"음!"

"뭐, 아무튼 그런 상황인데, 대체 어디서 모래를 퍼 나르겠다는 거야?"

"베트남이요!"

"…베트남? 월남 말이야?"

"네! 지도를 한 번만 봐 주시겠어요?"

인호는 베트남 지도에 아성철강 항만 부지를 표시해 두었었다.

표시된 부지를 자세히 살피는 최성묵.

"…어? 베트남 남부면 메콩강 하류 아니야."

"맞습니다! 메콩강 상부에서 내려와 끄트머리에 당도하는 바로 그 지역입니다!"

진안의 용담댐이 모래의 노다지이듯, 메콩강 하류지역도 마찬가지로 모래가 엄청나게 퇴적된다.

항만사업자에겐 이것이 골칫거리이고, 국가적인 입장에서 봤을 때에도 구제불능이나 마찬가지였다.

하나 골재업자에겐 달랐다.

"베트남은 수문도 잠그지 않는 데다 모래톱 자체가 완전히 골칫거리입니다. 해사, 강사, 가릴 것 없이 미친 듯이 퇴적되니 아예 해상무역을 포기하는 풍토까지 보일 정도죠."

"…괜찮은데?"

강변과 해상에서 잔뼈가 굵은 골재업자는 지도만 딱 봐도 견적이 나왔다.

그런 최성묵이 보기에도 이곳은 그야말로 알짜배기 그 자체였다.

"대체 어디서 이런 땅을 구했어?"

"운이 좋았던 거죠!"

"나 참…."

"이 길목에 배를 띄우려면 대략 얼마나 걸릴까요?"

"우선은 봐야 알겠지만, 최소 한 달은 걸릴 것 같은데?"

인호는 최장 3개월을 예상했기에 아주 만족스러운 표정이다.

"생각보다 금방 끝나네요?"

"선박 한두 대로 깨작거리면야 한 달이 뭐야, 1년도 넘게 걸리지! 바지선에 중장비 싣고, 모래채취선 네댓 척씩 묶어서 속도전으로 가야 해!"

역시 시원시원한 사람이다.

이래서 별명이 삽자루인 것이고, 인호가 장인의 인맥에 미끼까지 동원해 가며 애써 얻으려 했던 인맥인 것이다.

"우리가 채취해서 세척까지 해 두면 벌크선이 와서 퍼 가는 건가?"

"옮기는 건 싱가포르에서 알아서 할 겁니다."

"…싱가포르? 갑자기 웬 싱가포르?"

"이 모래들, 전부 싱가포르에 가져다 팔 거거든요."

순간 인상을 팍 찡그리는 최성묵.

"에헤이! 그러면 안 돼!"

"네? 그게 무슨 말씀이신지…."

"이렇게 좋은 모래를 미쳤다고 간척지에 꼬라박아? 말도 안 되는 소리!"

인호는 예상치 못한 호통에 정신이 번쩍 들었다.

"그럼 이걸 어떻게 처리해야 한단 말씀이십니까?"

"강사는 한국으로 보내고, 해사는 싱가포르로 보내고!

그렇게 해야 돈이 되지. 그건 그냥 남 좋은 일 시키겠다는 얘기밖에 더 되나?"

"아…! 이게 그렇게 되는 겁니까?"

골재업자 하청으로 일한 적이 있긴 해도, 인호 본인이 골재업자는 아니었다.

지도만 봐도 견적이 딱 나오는 베테랑과는 질적으로 차이가 있다는 뜻이다.

"잘 들어! 내가 표시하는 곳에 시료채취선을 띄워. 그리고 우선은 샘플부터 채취하는 거야."

"샘플이요? 그걸 어디에 보내려고요?"

"한국에 있는 건자재 유통 상사들에게 보내는 거야. 그렇게 되잖아? 아마 너 나 할 것 없이 돈 보따리부터 싸 짊어지고 달려들걸?"

"오…!"

최성묵이 표시한 곳은 강과 바다가 만나는 구역에서도 살짝 아래로 내려간 지점이었다.

"여기가 바로 고운 모래가 나오는 지점일 거야. 바다랑 강이 만나면서 토사가 퇴적되잖아? 그렇게 되면 굵은 모래는 위에 쌓이고, 고운 모래는 아래에 쌓일 거거든. 이 고운 모래가 돈이 되는 모래란 말이지!"

"아…!"

"여기에 선박 한 척 띄우고, 내가 정해 주는 지점에 선박

한 척 띄워. 싱가포르에서 아주 좋아할 거야."

능수능란했다. 안 보고도 지도를 훤히 꿰뚫고 있는 듯했다.

역시 이래서 골재업자 하면, 삽자루 삽자루 하는 모양이다.

아성철강과 정식으로 계약을 맺고 베트남 남부지역으로 출발한 입항 예부선 선단은 한창 호찌민 사구 일대에서 작업을 진행 중이다.

"…우와! 모래 입자 좀 봐."

"장난 아닌데! 뭐 이런 노다지가 다 있어?"

작업자들의 경탄이 이어진다.

모래는 굵기와 입자에 따라 용도가 다 다르게 쓰이고, 고품질의 강사는 웃돈을 줘도 구하지 못할 정도로 인기가 높다.

만약 이걸 한국으로 건네 보내면 최소 평당 12,000원은 받을 것이다.

"항만에 배 띄우자면 어차피 치워야 하는 모래를 돈 주고 팔아먹을 수 있다니, 이게 바로 강물 퍼서 장사하는 거지. 안 그래?"

"일단은 품질보고서부터 만들어서 한국으로 보내자고."

일주일 동안 채취한 모래의 품질보고서를 만들어서 한국

으로 전송했다.

그리고 그다음.

최성묵이 지정한 총 여덟 개의 포인트로 선박을 옮겨 채취에 들어갔다.

그르럭, 그르럭….

보통의 모래보다 입자가 굵다는 말이 뒤에서 들린다.

채취 선박에서 퍼 올린 모래를 확인하는 업자들.

"어…? 이거 뭐야. 거의 자갈 수준이잖아?"

지금까지 30년 넘게 방치되어 있던 항만시설 일대에선 모래뿐만 아니라 입자가 얇은 자갈까지도 엄청나게 퇴적되어 있던 것이었다.

그러나 이것은 시작에 불과했다.

"여기! 굵은 모래밭이네, 밭!"

"노다지잖아, 이거!"

엄청난 양의 모래가 퇴적되어 있었다.

하나 그 무엇보다도 대박인 것은 따로 있었다.

"…어?! 이거 기계가 안 돌아가는 것 같은데?"

"기계가 안 돌아가다니?"

"안 되겠어. 쌍끌이 준비해!"

바닥에 뭔가 묵직하게 쌓여 있었다.

트롤선으로 끌어올려 확인해 본 결과, 놀랍게도 엄청나게 굵은 자갈들이 고운 자태를 뽐내며 켜켜이 가라앉아 있었다.

"이것들, 어디로 보낸다고 했지?"

"간척지로 보낸다고 했잖아."

"요즘 싱가포르에서 자갈 부족해서 난리라던데, 아주 제대로 맞춰 놨네?"

"와…! 수지 제대로 맞았네, 정말!"

대박 중에도 초대박이 터졌다.

달러화 가치가 서서히 높아지고 있다.

[론더버리 달러선물 인덱스]
[현재가 : 12.47달러(US/D)]
[보유물량 : 489,795개]

PDA 화면 속 거래내역을 확인해 보는 인호.

'달러인덱스로 가볍게 1억 땡기시고!'

현재 달러화 그래프를 보면 1달러당 1,280원쯤에서 평이한 그림을 그리고 있었다.

이것이 바로 흔히 말하는 '횡보장' 이다.

그나마 이것도 많이 조정된 결과이지만, 기간에 비해 그다지 변동은 없는 편이었다.

큰 변화 없이 작은 박스권 내에서 등락을 보이는 횡보장은 보통 폭등, 폭락에 의해 손실을 본 주가가 조정 중일 때 나타난다.

한마디로 지금은 횡보장이 끝나고 서서히 반등을 준비하는 시점이라고 보면 된다.

[United Credit Banker FHC currency futures]
[종목 : US/D]
[거래단위 : 100,000]
[총계약 수 : 30개]

[United Credit Banker FHC currency futures]
[종목 : GB/P]
[거래단위 : 100,000]
[총계약 수 : 30개]

[상위 2개 계약만기 : 2개월]

300만 달러, 300만 파운드의 통화선물 계약을 체결했다.

지난번 US내셔널의 주식을 팔아 마련한 돈으로 증거금은 이미 납입했고, 이제부터 60일 후에 만기가 도래할 것이다.

그때는 다시 미국증시가 활황일 테니 가치가 상승한 달러화를 한화로 바꾸고 그것으로 통화선물을 결제하면 된다.

'대략 한… 30억쯤 남겠군?'

2개월을 투자해서 30억. 인호의 입장에서는 그다지 큰 이익은 아니었다.

해외시장을 공략하기 위한 통화선물거래가 아닌 환투자를 위한 거래라면 단순 선물환거래론 이익을 보기 힘들다.

자금만 충분하다면 이와 같은 거래를 해 볼 수 있다.

[검색 : NDF]
[계약 가능 회사 : 41개]

역외 선물환(Non-Deliverable Forward). 통칭 NDF라고 불린다.

만기에 원금교환을 하는 통화선물이라든지 일반 선물환과는 다르게 계약한 환율 차이만큼의 차액만 결제하는 파생상품이다.

예를 들어 계약 당시의 환율이 1,200원인 상태에서 100달러에 매입했다고 가정하고, 만기 당시의 환율이 1,300원이라고 한다면, 달러당 100원씩 10,000원만 지급하면 된다.

실물 인도 없이 차액만 주고받는 것이기 때문에 사실상 투기에 더 가깝다.

하나 지금과 같이 환율변동이 심할 경우, 환차손을 방어하기 위해 NDF가 많이 사용된다.

'특히나 요즘처럼 달러화 변동이 미친 듯이 널뛸 때는 보험으로 많이 가입하니까! 흐흐, 나 같은 사람이 돈을 버는 거지!'

NDF의 원래 목적은 환차손 방어다. 그렇기 때문에 종목도 다양하고 거래수량도 다소 제한적이지 않은 편이다.

한마디로 환율변동만 잘 알고 있으면 NDF는 돈 벌어다 주는 기계와 같다.

NDF를 검색한 후, 이선증권에 전화를 건다.

-네, 이선증권 청천지사 환율거래팀입니다.

"NDF 좀 거래하려고요."

-고객정보를 말씀해 주시겠습니까?

선물환거래의 경우, 재거래는 프로그램으로도 넣을 수 있지만, NDF는 아직까지 자동화 시스템이 미치지 않는 영역이다.

-네, 최인호 고객님. 어느 시장 NDF를 주문해 드릴까요?

"싱가포르 거래소에 달러, 엔화 주문 각각 한 건씩 잡아주십쇼."

일단 시작은 가볍게 달러, 엔화로 해 본다.

거래가 쌓이고 자금력이 더 굳건해지면 원화, 위안화, 파운드화 등으로 종목을 넓히면 된다.

-이미 선물환거래 내역이 있으신데, NDF 계좌를 따로 개설하시겠어요?

"네, 그래 주십쇼!"

-알겠습니다. 싱가포르 시장 투자계좌 설립 후, 주문 도와 드리겠습니다. 증거금 결제는 어떻게 해 드릴까요?

"이선증권 달러화 계좌에서 현물로 이체, 불입하겠습니다."

-이체 승인하셨으므로 3일 후에 결제됩니다.

"감사합니다!"

이로써 계약은 마무리되었다.

이제 막 전화를 끊으려는데 딜러가 인호를 붙잡는다.

-고객님, 본사 상품관리팀에서 연락이 왔는데, 혹시 잠깐 통화 가능하십니까?

"본사요? 갑자기 웬…."

-시카고 지사에서 고객님 성함을 듣고 연결을 요청했다는데, 괜찮으시면 연결해 드리겠습니다.

"음."

사람과 사람이 일을 하다 보니 가끔 이렇게 통화가 연결되는 경우도 있다.

시카고 지사라면, 상품시장에 투자하는 사람들일 텐데, 대체 인호는 왜 찾는단 말인가?

"뭐, 그럼 연결해 주세요!"

-감사합니다. 그럼 지금 바로 연결해 드리겠습니다.

PDA도 선물로 받았는데 삭제 통화 정도는 해 줄 수 있지 않겠는가.

"참고대상 등록이라…. 기분이 묘한데요?"

-아! 그렇게 이상하게 생각하실 건 없습니다. 말이 참고대상이지, 고객님의 거래데이터만 분석할 뿐입니다.

"흠."

시카고상품시장을 관리하는 거래관리본부에서는 인호의 투자패턴을 분석하고 보고서로 작성해서 펀드매니저들에게 판매하고 싶다는 제안을 해 왔다.

살다 보니 참 별일이 다 있다 싶다.

"애널리스트들이 제 거래데이터를 분석한다는 거잖아요?"

-개인적인 거래데이터와 아성철강의 거래데이터를 분석해서 제공하겠다는 겁니다. 통상 이런 식으로 리서치에 참여해 주시는 분들의 경우에는 환율우대라든지 중개수수료 무료, 세액공제 대리 등을 해 드리는 편입니다.

"그런 건 주로 VIP에게 해 주는 서비스 아닌가요?"

―맞습니다. 증권사 VIP가 되시는 셈이죠.

"음."

애널리스트로 고용하고 싶은 생각도 있다는 것 같았지만, 그렇게 되면 투자패턴을 분석해 실제 모델링을 할 수 없으니 VIP로 만들겠다는 것이다.

개인정보를 팔아넘기는 것 같아 찜찜하긴 해도, 어차피 회사에 거래기록이 남을 테니 큰 문제는 아니라고 생각했다.

"그럼 이렇게 합시다. 아성철강 차원에서의 투자에 대해선 할인요율을 높여 주십시오."

―어차피 기업 VIP에 대해선 중개수수료가 없기 때문에 큰 혜택은 없습니다만 만약 추가 혜택을 원하신다면 투자은행 서비스에 대한 수수료를 제외해 드릴 수 있습니다.

"…투자은행 서비스요? 기업 인수라든지 투자금융 지원 같은 거요?"

―네, 그렇습니다. 기업 인수 시, 모자란 자금을 동원하는 등의 투자금융의 금리를 거의 제로에 가깝게 맞춰 드릴 수 있습니다.

"오…!"

엄청난 특전이다. 어떤 방식으로든 기업은 확장을 도모할 것이고, 그러다 보면 인수합병이라는 수단을 사용하기도 할 것이다.

그렇다면 백년 기업을 꿈꾸는 아성철강의 입장에선 이와 같은 특혜가 반드시 필요하다.

 -대신 한 달에 두 건 정도는 데이터 분석이 가능한 건수를 올려 주셔야 합니다.

 "데이터베이스 구축을 해 달라는 거죠?"

 -네, 맞습니다.

 "우리는 제조업 회사인데, 그렇게 잦은 거래를 해도 괜찮나요?"

 -어차피 원자재 들여오셔야 하는 거, 종합상사를 설립하시거나 인수해도 괜찮다고 봅니다.

 "음!"

 생각해 보면 모래도 팔아야 하고 철근도 팔아야 하는데, 언제까지 남의 손을 빌릴 수는 없다.

 '밸류체인 상위 포지션을 잡는다는 차원이라면 나쁘지 않아!'

 수입과 제조, 이 두 가지 밸류체인을 선점한다면 동종업계에서 독보적인 포지션을 가져갈 수도 있을 것이다.

 "제가 대표님께 결재 올릴 테니 제안서 만들어서 팩스로 쏴 주십쇼."

 -개인 계약은 어떻게 하시겠습니까?

 "아! 그것도 마눌님께 결재 올릴 테니 제안서 만들어서 팩스로 쏴 주십쇼!"

―하하, 알겠습니다. 그럼 바로 진행해서 한 시간 후에 팩스 전송하겠습니다.

양쪽 수장들에게 결재를 올리고 나면 인호의 투자노선도 많이 변해 있을 것이다.

"싱가포르에서 선금 100억이요…?"

"대박이야, 대박! 나 참, 중도금도 아니고 선금을 100억씩이나 준다니. 부자동네는 역시 뭔가 달라도 다르구만!"

회사에 도착하자마자 희소식이 들렸다.

메콩강에서 채취한 모래의 시료분석 결과를 받은 싱가포르 정부에서 선금으로 한화 100억을 현찰로 쏴 주었다는 것이다.

"화끈하다, 화끈해!"

기분 좋은 출발이다.

베트남 현지에 전화를 거는 인호.

―어이, 최 대리!

"최 사장님! 소식 들으셨습니까?"

―아이고, 그럼! 지금 막 싱가포르에서 연락 왔어. 굳이 모래를 퍼서 육지로 올리지 말고 해상에서 바로 실어서 싱가포르로 가지고 가겠다고.

"오…!"

―물류비용 아끼고, 현찰박치기 화끈하고. 이야, 이런 거

래처만 있으면 일할 맛 나겠어!

　사업가에겐 돈으로 사람을 짜증 나게 하지 않는 것만 해도 엄청난 복이다.

　'이제 곧 그렇게 만들어 드릴게요!'

　최성묵에게 베트남 현장을 맡겨 놓으니 이렇게 든든할 수가 없다.

　인호는 이 소식을 듣고 장인을 찾아갔다.

　안 그래도 장인은 시카고에서 날아온 팩스를 전해 받은 참이었다.

　"이선증권 VIP? 갑자기 이게 무슨 말이야?"

　"말 그대로입니다! 우리가 시카고상품시장에서 원자재를 들여오면 그만큼 VIP 대접을 해 주겠다는 겁니다."

　"흠…, 우리를 얼굴마담으로 두고 펀드매니저들의 등골을 빼먹겠다는 건가?"

　펀드매니저는 돈 될 만한 투자처를 찾아서 하이에나처럼 돌아다닐 수밖에는 없다. 어떻게 해서든 투자해서 고객들의 돈을 불려 줘야 하는데, 리스크 대비 그렇게 확실한 투자 건을 찾는 게 그리 쉬운 일은 아닌 것이다.

　그렇기에 뛰어난 애널리스트들이 돈을 버는 것이고, 그 보고서를 팔아먹는 투자은행과 증권사가 돈을 왕창 챙기는 것이다.

　"어쨌거나 우리로선 이득 아닙니까?"

"자네, 자신 있어?"

"네! 그럼요! 장인어른도 보셨잖아요."

"음…! 하긴 자네 정도 촉이면 못할 것도 없지."

만약 한 번으로 끝났다면 이런 얘기는 하지 않았을 것이다. 선물옵션과 부동산, 지금까지 인호의 발자취를 알면 이런 소리가 나올 수밖에는 없다.

"해봐. 전권을 일임해 줄 테니 말아먹든 삶아 먹든 알아서 해."

"넵!"

이제 다른 건 몰라도 인호의 능력에 대한 의구심은 없었다.

제안서에 대표이사의 서명과 직인을 찍는 장인.

"그… 있잖아."

"네, 말씀하십쇼!"

"이번 주 토요일엔 헬스를 좀 빠져야 할 것 같은데 말이야."

순간 인호의 표정이 싸늘하게 식는다.

"에헤이, 그건 안 되죠!"

"…한 번만 봐줘. 그날 중요한 미팅이 있어서 그래."

인호는 고개를 갸웃거린다.

회사 돌아가는 일이라면 모르는 게 없는데, 갑자기 무슨 미팅이라는 것일까?

"일정표에는 그런 거 없던데요?"

"…뺑끼 치는 거 아니고, 토요일에 일정이 좀 생겼어. 그러니 그날만 좀 봐줘. 대신 저녁 식단은 칼같이 지킬게."

가르치는 사람이 진심이니 배우는 사람도 진심이다.

사실 장인의 입장에서 본다면 사위의 말에 굳이 좌지우지될 필요는 없다. 하지만 본인의 건강을 위해서 운동을 시켜 준다니, 인호를 스승으로서 대우하는 것이다.

"음! 그렇다면야."

"…휴, 다행이네."

"대신 월요일부터 곧바로 하체 조지는 겁니다. 아셨죠?"

"그래, 하체. 조지든 죽이든, 자네 마음대로 해."

"흐흐, 지금 그 마음! 절대 변치 마십쇼!"

뭐가 어찌 되었든 간에 식단을 칼 같이만 지켜 준다면야 크게 문제 될 건 없다.

그나저나 대체 장인은 어떤 사람들과 미팅을 한다는 것일까?

'궁금한데…?'

"…이야, 이거 큰일이다. 다들 잠깐 이리로 좀 와 봐."
"네, 뭔데요?!"
각자의 자리에서 업무를 정리하던 세 사람이 오 과장의 자리로 모여든다.

[…주문수량 조절 요청서]
[48건]

"주문수량을 조절해 달라는 건수가 두 배로 늘었네? 자꾸 이러면 곤란한데 말이야."
"…그게 말입니다."
"대체 거래처 관리를 대체 어떻게 하면 이런 거야?"

화살이 자연스레 국내 영업을 담당하고 있는 김 대리와 주 대리에게로 돌아갔다.

오 과장의 날카로운 눈빛에 대리들이 깨갱거리며 눈치를 살핀다.

"…저희들도 나름대로 분발하고 있습니다만 이게 생각처럼 쉽지가 않다는 게 문제라는 거죠."

"영업이 애들 장난이야? 그럼 알아서 넙죽 돈 가져가쇼, 하고 나올 줄 알았어?!"

오랜만에 오 과장은 뚜껑이 열렸다.

사실 최근 영업팀은 최인호와 오 과장 투 톱 체제로 돌아가고 있었다.

인호가 건수를 물어 오면 오 과장이 뒤에서 접대와 로비로 서포트를 해 주는 식이었다.

사실 김 대리와 주 대리의 실적은 이들의 1/10도 안 되는 실정이었다.

"…장난해? 대체 노력이라는 걸 해 본 적은 있는 거야?"

"그… 죄송합니다!"

"막내가 벌어다 준 실적을 선배라는 사람들이 죄다 까먹으면 어쩌자는 건데?!"

인호는 고개를 푹 숙인 두 명의 대리가 안쓰러워 보였다.

작금의 상황은 달러화 가치에 변동이 생기면서 벌어진 사태였고, 미국시장이 서서히 철강산업을 옥죄면서 생겨난 나비효과였던 것이다.

'일본산 철근을 넣는 족족 튕겨 내고 있는 미국시장이야. 그런데 한국산 철근이라고 팔릴 리가 없지!'

철근의 2차 생산품을 주로 취급하는 골조생산업자들이 골머리를 앓으면서 아성철강의 상품이 서서히 메리트를 잃어 가고 있는 것이다.

이것은 아성철강이 설비수준을 일본의 철강회사들만큼 높이지 않으면 절대 해결되지 않을 문제였다.

"두 사람, 얼른 나가서 영업관리 제대로 하고 와. 당분간 회사에 들어올 생각은 하지도 말고!"

"…네, 알겠습니다."

"사람들이 말이야, 접대도 좀 알아서 하고! 관리도 좀 알아서 하고! 그랬어야지 말이야!"

"열심히 하겠습니다!"

물론 저 두 사람이 불쌍하긴 해도, 욕을 먹는 건 당연한 일이었다.

불황이라고, 장사가 잘 안 된다고 영업실적을 못 채운다는 건 그저 핑계에 불과했기 때문이다.

'경기가 나쁘다고 영업 안 뛸 건 아니잖아?'

잠시 후, 김 대리와 주 대리가 나간 뒤에 오 과장은 인호에게 고민을 털어놓기 시작했다.

"이거 진짜… 어쩌면 좋나? 이대로 가다간 이번 분기에는 성과급은 구경도 못 해 보게 생겼으니 말이야."

"그러게나 말입니다! 정말 열심히 해서 올려놓은 성과인데 말이죠!"

"뭔가 방법이 없을까?"

경기에 따라 이익 수준의 정도가 다를 수는 있다. 하지만 악재가 터질 때마다 회사가 이렇게 흔들리게 된다면, 나중에는 작은 파고에도 쉽게 무너져 버릴 것이다.

그래서 인호가 생각한 게 있었다.

바로 멀티 영업물의 생성.

"영업물을 좀 넓혀 보는 건 어떠십니까?"

"지역을 옮기자는 거야?"

"철근 필요한 회사가 청천시에만 있는 것은 아니니까요!"

향토기업이라고 해서 꼭 연고지에서만 활동하라는 법은 없다.

이럴 때를 대비해서 인호는 굳이 공사장 입찰에만 꼬박 3개월을 공들인 것이다.

"입찰받아 들어간 현장에서 인맥을 형성하면 파도타기 하듯이 사람을 많이 만날 수 있지 않을까요?"

"오…? 그거 엄청 괜찮은데?!"

단순히 영업력이 좋은 것만으로는 부족하다.

일자리를 꾸준히 파생시킬 수 있는 인프라를 구축하는

것이 중요한 것이다.

"체인을 형성하는 겁니다. 마치 밸류체인처럼요!"

"…좋아, 영업체인이라!"

시안은 던져 주었다. 이제 거기에 살을 붙이고 체계를 잡는 것은 저들의 몫이다.

나머지는 세 사람이 머리를 싸매고 의논해 나가야 할 숙제이다.

'언제까지 대리, 과장일 수는 없지. 나중에 부장, 이사까지 가려면 최소한 회사의 체계 정도는 스스로 정립할 줄 알아야 해!'

길을 알려 줬으니, 이제 인호는 멀찌감치 떨어져 가만히 지켜보기만 할 뿐이다.

그날 오후.

"최 대리님! 팩스 왔어요!"

경리팀으로 보내진 팩스다.

영업팀으로 직접 들어온 것이 아니라 자금관리부서로 들어온 걸 보니 은행에서 보낸 게 확실해 보인다.

달려가 팩스를 확인하는 인호.

[프로젝트 파이낸싱 페이퍼컴퍼니 '아성INS' 등기]

"오, 벌써 등기까지?"

PF 승인이 떨어지고 얼마 지나지 않았는데 벌써 페이퍼컴퍼니의 등기가 도착했다.

이윽고 인호의 핸드폰으로 전화가 걸려온다.

이대한 부장이다.

-팩스 받았어?

"네! 정말 감사합니다! 선배님이 정말 제대로 한 건 해주셨네요!"

-자네가 땅 보는 눈이 기가 막혔던 거지. 내가 한 게 뭐 있나?

"아닙니다! 이게 다 선배님의 은총 아니겠습니까!"

-아무튼, TWK가 진짜 까다로운 회사인데 말이야. 자네가 정말 짜임새 있게 잘해 줬어. 보고서도 잘 써 줬고.

"별말씀을요!"

대만 최대규모의 금융사 세 곳을 뚫은 인호는 이제 해외시장에서도 인정을 받았다는 뜻이다.

-그럼 이제 곧 대만 쪽 입찰 시작이지?

"2주 뒤에 모래톱 정리가 끝나니까, 그때 대만 쪽 입찰에 참가할 생각입니다."

-사실 이 정도면 우선협상대상자 선정까지 노려봐도 될 법한데?

토사를 정리해서 항만창고만 확보되면 물류비용을 획기

적으로 절감할 수 있다. 그렇게만 된다면 인호가 그려 놓은 그림은 어렵지 않게 완성된다.

다만 중요한 것은 입찰 일정이었다.

"일단은 각 공구당 입찰내역을 좀 확인해 봐야 정확한 그림이 나오지 않을까 싶습니다만!"

-음…! 맞아, 자네 말대로 대만 쪽에 남은 공구가 몇 개 없거든. 이젠 정말 신중해야 해.

사실 인도차이나반도 개발 입찰은 작년부터 꾸준히 진행 중이었다.

워낙에 메콩강 유역이 길고 넓다 보니 각각 공구를 나눠 분기별로 입찰을 받고 있던 것이었다.

"우리가 공략해야 할 공구가 1공구부터 6공구까지인 것으로 압니다."

-메콩강 최하류가 1공구이던가?

"최남단이 1공구, 그 위로 6공구까지 호찌민 부근으로 생각되고요."

-생각해 보니 항만창고에 최대한 가까이 입찰을 받으려면 타이밍이 중요하긴 하겠네. 대현차그룹도 동의하겠지?

"베트남 항만공사가 끝날 때까지 기다려 준다는 걸 보면, 어느 정도 그림을 충분히 그려 놓은 모양입니다."

미추홀제철이 굳이 아성철강과 손잡고 대만으로 입찰을 끌고 간다는 것에는 이유가 있었다.

-아무튼 간에 TWK에게 더 요구할 사항은 없지?

"음…, 혹시 개인적인 부탁도 가능합니까?"

TWK라는 대어를 낚았으니, 이제는 그 대어를 십분 이용해 볼 차례이다.

'작은 처형과의 관계도 이제 슬슬 회복을 해야겠지?'

작은 처형과의 관계도 회복할 겸, 인천 쪽 카르텔도 정리할 겸, 그리고 최성묵 사장의 미수금 문제도 해결할 겸.

인호는 작은 덫을 하나 준비하기로 한다.

-개인적인 거? 어떤 건데?

"계좌추적을 좀 해 주셨으면 하는데요."

-음…? 그건 불법 아닌가?

"아! 불법이라기보다는 기관 대 기관의 협조요청을 청탁한다고 해야 할까요?"

-어…, 뭐, 그래! 일단 내가 얘기는 해 볼게. 제안서 만들어서 나한테 좀 보내 줘.

"감사합니다!"

경기도 남부의 하성 신도시 건설현장.

"자네 사위가 요즘 펄펄 날아다닌다면서?"

"뭘! 그냥 좀 머리가 트였다고나 할까?"

"좋겠네!"

범대현차그룹 산하의 공사하청업자들끼리 모인 자리에

서 윤황석의 어깨가 한껏 올라간다.

사실 이 공사도 사위가 따낸 것이기에 윤황석은 여기 올 때부터 칭찬이 쏟아질 것임을 알고 있었다.

"요즘도 경기도 철강협회가 모이나?"

"모이긴 하는데, 워낙 동서남북으로 갈라져 있어서 말이야. 모여도 별 소용 있나 싶기는 해."

"음, 그래?"

"그런데 그건 왜?"

"아니, 남들도 다 비밀병기 한 명씩은 데리고 오는 것 같길래 나도 좀 데리고 나올까 싶어서."

"아! 그 잘생긴 사위 말이야?"

"잘생기긴! 그냥 뭐, 몸 좋고 서글서글하게 생긴 거지."

윤황석은 언젠가부터 깨닫고 있었다.

아성철강이 앞으로 성장하자면 자신의 그릇 가지고는 게임도 안 된다는 것을 말이다.

그래서 생각했다.

잘난 사위라는 히든카드를 제대로 키워 보겠다고 말이다.

하나 앞으로 사위의 앞길을 열어 주려면 청천시의 인맥으로는 부족하다.

'경기도권에서 놀라고 왔더니만, 협회가 동서남북으로 갈려? 흠…, 그래서 그렇게 카르텔들이 판을 치고 다녔던

거군.'

 대한민국의 어떤 업계든 간에 협회라는 것이 존재한다. 그리고 그 협회는 각 구성원의 이익을 위해 최선을 다해 굴러간다.

 한데 언젠가부터 경기의 철강업계는 사분오열되어 제대로 응집이 되지 않는 실정이었다.

 '최 서방은 주변에서 조금만 밀어줘도 알아서 금방 크는 스타일이란 말이지. 그런데 경기도가 춘추전국시대면 곤란한데….'

 끈끈한 경기도의 지역사회를 토대로 성장한다면 전국구 철강사업자로 발돋움할 수 있겠지만, 이렇게 견제가 판을 쳐선 곤란하다.

 "아 참, 신일토건 박 사장 얘기 들었어? 이번에 사업 접는다고 하던데."

 "뭐? 갑자기 사업을 왜 접어. 그 친구, 얼마 전까지만 해도 아파트 지반 시공이네 뭐네 하며 잘나갔잖아?"

 "요즘 골재시장이 개판이라서 말이야. 토건시장이 아주 말이 아니라더군!"

 "…골재가?"

 얼마 전에 화진CC에서 열렸던 골프모임에서 얼핏 들은 기억이 난다.

 골재업자들과 환경부 사이에 무슨 마찰이 있는 것 같다

고 말이다.

"골재시장이 왜 개판이야? 특별한 이슈가 있는 것도 아니던데."

"에헤이, 이 친구가 요즘 철근만 만지작거리더니 감을 잃었군! 환경부에서 지자체를 대상으로 생태파괴 조사를 하고 다닌다잖나."

"음…? 뜬금없이 무슨 생태파괴?"

"요즘 유럽에서는 대놓고 굴뚝에 불 피워서 만든 물건은 잘 안 받으려 한다는 소리가 있어. 그만큼 환경문제가 심각하다는 뜻이겠지."

"국제사회 기조가 환경보존으로 돌아섰다는 얘기야?"

"당연하지! 그런지가 꽤 되지 않았나?"

환경부 차원에서 제재를 가하기 시작했다는 것은, 사실상 한국에서 골재채취를 하지 못하게 될 수도 있다는 뜻이다.

"아무튼, 그래서 토목공사 하는 친구들이 지금 아주 비명을 지르잖나. 공사 자잿값이 워낙 올라서, 이건 성토공사 한 번 하면 살림이 거덜 날 지경이라고 말이야."

"수입을 해서 쓰면 되지 않나?"

"나 참, 누가 모래를 해외에서 퍼다 쓰나? 한반도 삼면이 바다인데."

"그러다 모랫길이 아예 잠겨 버리면?"

"뭐… 그럼 애써 메워 둔 간척지라도 파서 써야 하지 않겠어?"

한마디로 답이 없다는 뜻이다.

이 순간, 윤황석은 머리를 스치는 생각이 있었다.

'뭐야, 아직 베트남에서 골재채취를 하고 있다는 걸 잘 모르고 있다는 건가?'

이제 대한민국에서는 건자재를 생산하기 힘들어졌다. 그나마 석회석만이 채산효과가 있을 것인데, 아마도 그것조차도 오래가지는 못할 것이다.

그렇다면 해외로 눈을 돌려야 할 때이건만, 여전히 정부의 대처는 미온하기 그지없었다.

'심지어 토건업자들조차도 말이야!'

모래를 수입하는 데 문제가 될 사항들이야 많았다.

단가 문제도 그렇고 운반문제도 그렇고, 무엇보다 수입 대상국에서 환경문제를 거론하지 않을 거라는 법도 없다.

그럼에도 불구하고 차선책을 마련해야 하겠지만, 관련 업계도 그저 손을 놓고 있을 뿐이었다.

'그렇다는 건… 최 서방이 또 홈런을 칠 수도 있다는 뜻인가?!'

잘하면 사위가 입이 닳도록 얘기하던 밸류체인의 우위를 선점할 수도 있겠다는 생각이 든다.

"이봐들."

"응?"
"내가 재미있는 얘기 하나 해 줄까?"

"…오! 목 좋은데?"
"그치?!"
주말에 서아네 세 가족이 찾은 곳은 설화의 첫 작품이 될 미완공 건물의 공사장이었다.

인호는 왼쪽에서 내리쬐는 햇살을 받고 있는 공사장을 바라본다.

머릿속으로 그림을 그려 보니 상당히 메리트 있겠다는 생각이 든다.

"이게 지금 남향인 거잖아?"
"그런 셈이지! 햇살도 잘 들어올 거고, 진출입도 나쁘지 않을 거고!"
"주차장은?"
"지하에 12대가 들어가고 바깥으로 8대 주차할 수 있어!"
"이게 지금 얼마라고?"
"내가 낙찰받은 금액이 4억8천이야."
다리 하나만 건너면 강남이다. 심지어 강남 북부에서 이곳으로 건너와 음주가무를 즐기는 사람들도 많다.

만약 이곳이 주거지역이라면 모를까, 상업지역으로선 그

야말로 최고의 입지라고 할 수 있다.

"내가 남편이 말만 믿고 샀다기엔 매물이 좀 좋지 않아?"

"조금 좋은 정도가 아닌데? 대체 이런 물건은 어떻게 찾아낸 거야?"

"서아가 찾아줬어!"

"우리 딸이?"

서아는 지금 인호의 품에 안겨 낮잠에 빠져 있었다.

"쿠우우…. 하아아…!"

"이 조그마한 게 감이 진짜 엄청나게 좋은데?"

어딘가 모르게 유난히 촉이 발달한 서아는 하는 짓마다 정말 예사롭지 않았다.

대체 전생에는 이런 생각을 왜 못했는지 모를 정도였다.

'…전생엔 몰랐을 수밖에. 서아는 설화 혼자서 키웠으니까.'

철에 미쳤었고, 성공에 미쳐 있던 인호는 언젠가부터 가족보다는 회사를 더 아끼고 사랑했었다.

그런 그가 서아의 이런 면을 인지했을 리가 없다.

"효녀네, 효녀!"

"아무튼, 어때? 이 정도면 견적 나오겠어?"

"견적만 나오겠어? 잘만 팔면 한 12억쯤 나오겠는데?"

완공만 한다면 12억이 넘게 나올 수 있는 건물이다.

물론 그렇게 만든다고 해도 중요한 것은 순수익일 것이다.

"12억에 완공해서 팔면 우리에게 얼마나 떨어지려나?"

"그거야 자재를 조달하기에 따라 다르겠지. 내가 저번에 말해 줬잖아. 거의 공짜로 자재를 들여올 수 있다고. 그렇게 되면 최소 3~4억은 남지 않을까?"

"와…! 그렇게 되기만 한다면야 엄청 좋지!"

"당장 철근값만 해도 남들보다 톤당 1~2만 원은 싸게 들여올 수 있는데 말이야."

"남들보다 싸게…?"

지난번에는 인호의 말에 그저 열광하기만 했던 설화가 이번에는 표정까지 싹 바꿔 가며 진지해진다.

"남들보다 싸다는 건, 우리가 시세보다 건물을 싸게 지을 수 있다는 거잖아?"

"그게 그렇게 되는 건가?"

"원래 건물이라는 게, 입지나 지가만 따지는 게 아니거든. 전체적인 건축단가도 포함이 되는 거야."

"아…! 맞네, 그러네! 건자재를 싸게 들여오면 남들보다 건축비가 많이 빠지는 셈이지!"

"그렇게 치면, 우리가 남들보다 건물을 싸게 지어서 비싸게 팔 수도 있다는 뜻이야. 모든 건 상대적인 거잖아?"

"그렇긴 하지! 건축단가는 거의 다 비슷하니까."

"…최근 전월세 가격이 폭등하고 있으니까, 지금 이 시절에는 속도전으로 밀고 나가도 되는 거 아닌가?"

대체 머릿속에 어떤 그림을 그리고 있는 것일까?

아내는 가만히 생각에 잠겼다가 이내 빙그레 미소를 짓는다.

"만약 내가 1년에 건물을 24개씩 짓는다면, 남편이는 어떻게 할 거야?"

"연에 24개? 그럼 한 달에 두 개씩 짓는다는 뜻이잖아."

고개를 가로젓는 아내.

"아니! 6개월에 건물 12개씩 밀어내서 1년에 24개를 짓는 거야!"

"…엥? 그게 가능한가?"

"당연하지! 담보대출이라는 게 있는데."

"아…?"

"그러면 재미있긴 하겠다!"

건물 24개를 빚으로 굴린다는 생각 자체만으로도 설화의 배포가 얼마나 큰지 알 수 있었다.

인호는 아내의 그릇이 확실히 일반인과는 많이 다르다는 것을 절감했다.

"하고 싶어?"

"음? 뭐가?"

"1년에 건물 24개씩 짓는 거 말이야."

"에이, 말이 그렇다는 거지!"

"하고 싶으면 해! 내가 밀어줄게."

"…진심이야?"

"당근이지! 나 그 정도 능력은 돼!"

아성철강에서 철근만 가져다줘도 건축비는 확 떨어진다.

거기에 청천시에서 가져오는 각종 건자재를 염가에 사들일 수 있다면, 이윤이야 얼마든지 남을 수 있을 것이다.

설사 사업이 잘못 되더라도 인호는 그 모든 걸 현금으로 변제할 수 있는 능력도 있었다.

"일이 잘못되어도 내가 수습할 수 있으니까, 한번 해봐!"

"…진짜?!"

"그럼!"

설화 같은 사람은 투자자만 잘 만나도 대성할 인물이다.

인호는 그런 아내의 투자자가 되어 주기로 한 것이다.

"돈은 내가 왕창 벌어다 줄게! 그러니까 설화는 하고 싶은 거 다 해!"

"와! 우리 남편 짱 멋지다! 내가 남편이가 벌어다 준 돈, 열 배, 백 배로 불려 줄게!"

이렇게 좋아하는 아내를 보니 돈 벌기를 잘했다는 생각이 든다.

신이 난 아내를 바라보는 인호.

'음…, 그나저나 이렇게 바쁘면 마누라가 쉴 틈이 없을

것 같은데.'

 CPA 연수과정에 공사까지 진행하려면 몸이 두 개라도 모자랄 것이다.

 인호는 결단을 내린다.

 핸드폰을 꺼내 장인에게 문자를 보내는 인호.

 [드릴 말씀이 있습니다!]

 월요일 아침.

 출근길에 오른 인호의 손에는 어김없이 PDA가 쥐어져 있었다.

 [오늘의 환율 : 1,293원/달러]

 [코스피 : 0.3p▲]

 달러당 13원이 올랐다.

 환율은 계속 상승, 한국증시를 계속해서 압박하는 중이다.

 '그나마도 0.3p 상승장으로 시작한 건 작전세력의 마지막 발악이라고 해야 하나?'

 한국증시는 이제 곧 후퇴한다. 투기와 작전의 화력이 달러화의 가치를 지붕 밖으로 밀어낼 때쯤, 인호에겐 또 한 번의 기회가 올 것이다.

"좋은 아침입니다!"

회사에 도착해 서류가방을 정리하는 인호.

그런 그에게 먼저 나와 있던 두 명의 대리가 반갑게 인사를 건네 온다.

"최 대리!"

"일찍 나왔네? 집도 멀다면서."

번들번들한 얼굴, 기름기가 도는 떡 진 머리. 거기에 주름이 져 구깃구깃한 양복까지.

이제 8시가 갓 넘은 시간임에도 불구하고 회사에 꽤나 오래 있었다는 느낌이 든다.

"…설마 어제 야근하신 겁니까?"

"어제? 오늘이 이틀째인데."

"허! 정말로 집에 안 들어가신 거예요?"

"집에 들어갈 시간이 있어야 들어가지."

대체 이 사람들은 무엇에 목숨을 거는 것일까?

김 대리와 주 대리는 인호에게 각각 여덟 장의 계약서를 건네주었다.

"자, 이게 바로 그거야!"

"네? 그거라니요?"

"성과물!"

당당하게 내미는 그들의 성과물은 다름 아닌 계약서였다.

그들이 건넨 계약서에는 어디서 많이 본 이름들이 다수

들어가 있었다.

"알아보니까 건설현장 하나에만 해도 크고 작은 계약이 엄청나게 많이 걸쳐져 있더라고? 그래서 그걸 역으로 따라가 봤더니, 글쎄 파생되는 현장만 서른 개가 넘는 거야! 그래서 집요하게 파고들어서 추가계약을 따냈지!"

"와, 대단하시네요!"

"자기가 말한 영업물, 바로 이거 아니야?"

가지에 가지를 뻗는 영업의 파도타기.

이것이 바로 인호가 영업팀에게 역설했던 바로 그 방법이었다.

'이제 좀 쓸 만해졌군!'

목마른 사슴이 우물을 찾는 법이다.

사람이 궁지에 몰리니 알아서 파훼법을 찾아 나가는 것이다.

"그나저나 과장님이 요 며칠 안 보이시네. 요즘 과장님이 꽤 많이 바쁘신가 봐?"

"그러게 말입니다. 저도 과장님 못 뵌 지 사나흘은 된 것 같은데요?"

"경리과에 물어보니까 접대는 꾸준히 하시는 것 같던데, 그러다 쓰러지는 거 아닌지 몰라."

요즘 오 과장이 참 바쁘게 움직인다.

대체 어디서 뭘 하고 돌아다니는 것인지는 모르겠으나,

평소보다 매우 열심히 움직이고 있다는 것만큼은 확실해 보인다.

'영업팀이 서서히 바뀌어 가는 중이구나!'

변화의 새바람이 부는 지금의 영업팀이라면 보다 반듯한 미래를 그려 볼 수도 있을 것이다.

동료들과 두런두런 이야기를 나누고 있는데 어디선가 인기척이 느껴진다.

"최 대리, 사장님 호출이요."

"네! 갑니다!"

김 비서가 아침부터 인호를 마중하러 나왔다.

그녀를 따라서 사장 집무실로 향하는 인호.

그런 그에게 김 비서가 웃으며 묻는다.

"곧 있으면 사장님 생신인 거 알아요?"

"아! 벌써 유월입니까? 시간 참 빠르네요!"

"생신에 드릴 선물은 준비하셨어요? 못 했으면 제가 하나 드리고요."

인호는 고개를 가로젓는다.

"아니요! 저도 드릴 선물이 있거든요!"

"오…, 그래요?"

인호도 벌 만큼 벌었으니 장인에게 미래를 준비할 선물을 하나 해 줄 생각이다.

'노후준비론 이만한 것도 없을걸?!'

"골재의 생산량을 늘리라니요?"

"지금 바다에서 캐내는 모래를 전량 싱가포르로 보내고 있지 않나. 그걸 한국으로 좀 들여오자는 거야."

아침부터 찾기에 무슨 일인가 했더니 한국에서 모래장사를 하자는 장인.

인호는 장인에게 무슨 바람이 불었나 싶었다.

"어제 토요일에 어딜 다녀오신 겁니까?"

"그냥 친구들 좀 만나고 왔는데? 아무튼 그렇게 알고 진행시켜."

"어…, 뭐, 그거야 어렵지 않습니다. 한국으로 들여올 모래는 이미 따로 빼놨거든요."

"빼놔? 모래를 말이야?"

"강사는 가격을 높게 받을 수 있다고 최 사장님이 신신당부를 하셔서 말입니다!"

평당 단가를 5천 원은 더 받을 수 있는 강사를 싱가포르에 덤핑하는 건 아깝다고 해서, 안 그래도 강사는 따로 퍼내 잘 말리고 있는 중이었다.

장인은 무릎을 친다.

탁!

"음, 좋아! 그럼 그걸 시장에 살살 던져보기 시작하자고."

"네, 알겠습니다."

"그림 잘 나오겠군!"

오늘따라 왠지 신나 보이는 장인.

대체 어딜 다녀왔기에 저러나 싶은 생각이 절로 든다.

"아 참, 그나저나 변경사항이 있다던 게 뭐야?"

"아! 그거요?"

어제 인호는 장인에게 한 통의 문자를 보냈었다.

그 내용은 다름 아닌 헬스의 시간변동 통보였다.

"이제부터 헬스를 새벽에 할까 싶습니다!"

"…대체 그럼 잠은 언제 자라는 건가?"

"밤마다 소주 한 잔씩 홀짝이다가 주무시는 거 다 압니다. 그 시간 아껴서 주무시면 되겠네요."

"귀신이네, 정말."

지금까지는 장인도 살아가는 낙이 있어야 하지 않을까 싶어서 그냥 내버려뒀는데, 이런 생활이 오래 지속되면 간과 신장에 치명타가 될 수도 있기에 막으려는 것이다.

"건강하게 오래 사셔야죠! 그렇게 돈 벌어서 다 쓰지도 못하고 가시면, 그게 얼마나 황망한 일입니까?"

"…돈이라. 하긴 그건 그렇군."

"아무튼, 그럼 운동은 새벽에 시작하는 걸로 알겠습니다."

지금까지 장인은 돈이라는 걸 제대로 쓰면서 살아 본 역사가 없는 사람이다.

생각해 보면 돈을 벌 줄만 알았지, 쓰는 법은 아예 모르고 살아온 것이다.

'돈도 다 건강이 따라 줘야 쓰는 거지!'

인호의 결정을 덤덤하게 받아들이는 장인.

"자네 뜻대로 해. 그런데 왜 그렇게 운동을 일찍 시작하려는 건가?"

"이참에 일찍 퇴근해서 와이프 개인시간 좀 만들어 주려고 합니다!"

"…뭐? 집에서 살림하는 사람의 개인시간을 그렇게까지 해서 만들어 줄 이유가 있어?"

뭔가 좀 떨떠름한 장인의 표정.

인호는 그럴 줄 알았다는 듯, 아내의 명함을 건네준다.

[공인회계사 윤설화]

"…회계사?"

"얼마 전부터 수습 밟는 중입니다. 육아와 일을 병행하느라 안 그래도 시간이 많이 부족해서 제가 아침 정도는 스스로 차려 먹고 나오는 편입니다. 저녁에는 서아를 돌보고 살림도 좀 해 주고요."

"음…, 그런 사정이 있었군그래."

"그뿐인 줄 아십니까? 설화 요즘 사업도 합니다!"

사업이라는 말에 장인의 표정이 미묘하게 변해 버렸다.

"…사업이라니? 애 키우면서 무슨 사업까지 한다는 건가?"

"제가 요즘 투자로 수익을 좀 냈는데, 그걸로 부동산을 매입해 달라고 부탁했었습니다. 그런데 알고 보니 설화가 사업수완이 엄청 뛰어나지 뭡니까? 그래서 제가 전폭적인 지원을 해 주겠다고 약속했죠!"

"아니, 아무리 지원을 해 줘도, 갑자기 사업을…. 뭐 얼마나 크게 하려는 건데?"

"10억대 건물 24개이니까, 연 240억~280억 규모입니다."

"…어?!"

"대단하지 않습니까? 이를테면 쓰리잡을 뛰는 겁니다!"

머릿속으로 뭔가를 그려 보는 듯, 생각에 잠긴 장인.

그러다 그가 피식 웃음을 짓는다.

"피는 못 속인다더니."

"누가 아니랍니까!"

"공사자재는 어디서 조달한대?"

"우리 회사에서 조달해서 사용할까 싶습니다!"

재미있다는 듯, 장인은 고개를 끄덕인다.

"좋아, 그럼 나도 그 판에 좀 끼도록 하지."

"…장인어른께서요?"

"나도 이참에 땅장사나 좀 해 보려고."

남편의 출장 당일.
아침부터 설화는 뜻밖의 얘기를 전해 들었다.
"…아빠가 땅을?"
"응! 뭐랄까, 이를테면 펀딩이라고 해야 하나?"
친정아버지의 갑작스러운 제안.
필지 구매와 자재조달을 담당하겠다는 아버지의 제안에 설화는 조금 당황하고 말았다.
"엄마나…, 이러다가 사돈의 팔촌까지 투자하겠다고 나서겠어!"
"에이, 그래도 장인어른이신데! 사돈의 팔촌까지는 좀 그렇지!"
"흠, 그래서 남편이는 뭐라고 대답했어?"

"일단 자기한테 의견을 묻겠다고 했지!"

아버지는 사업수완이 있고 인맥도 넓다.

만약 아버지가 사업에 뛰어든다면 보다 큰 판에서 사업을 영위할 수 있을 것이다.

다만 문제는 투자구조였다.

"동업의 형태로 간다고 하면, 상황이 조금 복잡해질 수 있지 않을까?"

"설화는 동업이 싫어?"

"가족 사업치고 잘되는 꼴을 내가 본 적이 별로 없어서 말이야."

아버지가 사업가이니 친구들도 사업가 집안이 많았다.

워낙 돈을 잘 버는 아버지들이다 보니 가족들에게 이런저런 제안이 많이 들어왔는데, 그 제안을 받아들여 사업을 했다가 망하기 일쑤였다.

"사공이 많으면 배가 산으로 간다잖아? 가족 사업이 딱 그래!"

"그래? 아성철강은 그런 면에서 본다면 아직까진 순항 중인 거네?"

"음…, 아성철강은 예외지. 사실은 남편이가 아빠 밑에서 일하는 거니까 동등한 입장은 아니잖아?"

"아! 그러네. 그러고 보니 우리는 노사관계지!"

"그리고 남편이는 워낙에 유능한 데다 욕심도 별로 없잖아! 이런 사람들끼리만 모인다면야 가족 사업은 얼마든지 크게 해도 괜찮지. 안 그래?!"

남편이 특출난 것이지, 이 바닥에서 동업으로 성공하기는 결코 쉽지 않다.

아버지에게 전화해서 결렬통보를 할까 말까, 고민이 많은 그녀.

그런 설화에게 인호는 빙그레 웃으며 말한다.

"그럼 오늘 저녁에 장인어른이랑 상의해 봐."

"오늘 저녁?"

"내가 대만에 가 있는 동안 장인어른이 서아를 봐주시기로 했거든!"

"…어?"

"아무쪼록 둘이 좋은 협상을 이끌어 내기를 바랄게!"

요즘 남편이 집안일을 거들어 줘서 일할 시간이 꽤 많이 남았는데, 출장의 공백을 아버지가 채워 줄 줄은 미처 생각도 못 했다.

"…불편한데."

"회계다 사업이다 해서 바쁘잖아! 때로는 아빠 찬스도 나쁘지 않다고 봐!"

"흠."

확실히 아버지는 가정적인 사람인 데다, 남에게 아이를 맡기는 것보다야 훨씬 나을 것이다.

"일단… 생각 좀 해 볼게!"
"알겠어. 그럼 다녀올게!"

대만 출장을 떠나려 공항으로 향하는 인호.
"뭐 해?"
같이 공항버스를 탄 오 과장이 슬그머니 물었다.
인호는 PDA를 보여 준다.
"그냥 주식시장 좀 보고 있었습니다!"
"오, 주식! 주식 좋지."
"PDA 한번 구경하실래요?"
고개를 가로젓는 오 과장.
"아냐! 그것도 성향에 맞는 사람들이나 하는 거지. 난 로비스트가 딱 적성에 맞달까?"
"사람마다 취향이라는 게 다 다른 법이니까요!"
"그것보다는 말이야, 내가 자기한테 상담할 게 하나 있는데 말이지."
"네, 말씀하세요!"
뭔가 잔뜩 뜸을 들이는 오 과장.
전에 없던 아주 심각한 표정이다.
"대체 뭔데 그러세요?"
"…내가 후배한테 이런 질문을 한다는 게 좀 그렇긴 한데 말이야. 나도 자네처럼 승승장구해 보고 싶은데, 비결이 뭐야?"

"네? 그게 무슨 말씀이십니까?"

"말 그대로야. 영업비밀이랄까, 영업비법이랄까! 그런 거 있잖아."

무슨 소리인가 했더니, 오 과장에게도 뭔가 승진 욕구 같은 것이 생긴 모양이었다.

'우리 오 과장, 사람 다 됐네?'

오 과장은 내일에 대한 기대가 별로 없는 사람이었다.

그저 자식들 유학 마칠 때까지 학비나 대주면 그뿐이고, 노후에 대한 생각이야 그렇게까지 많지 않았었다.

한데 이제는 생각이 바뀐 것이다.

"뭔가 계약할 때도 척척 해내고 말이야. 자네를 보고 있으면 단전 아래에서 뭔가 움찔거린다고 해야 하나? 그런 느낌이 든단 말이지."

"어…, 그런 느낌도 있습니까?"

"아무튼! 비법 좀 알려 줄 수 있을까?"

야망이 생겼다는 건 좋은 일이다.

하나 반대로 생각하면 노예가 생각을 하기 시작했다는 뜻이기도 하다.

'생각이 깨어나기 시작했다, 뭐 그런 건가?'

오 과장의 생각이 깨어난 건 분명 놀랄 만한 일이긴 했다.

그러나 그게 판을 뒤집을 정도는 아니었다.
"좋습니다. 제가 비법 하나를 전수해 드리죠!"
"오…, 뭔데?!"
"정보력을 기르십쇼!"
"정보력? 인터넷을 가까이 하라는 거야?"
"…아니요. 그것보다는 쓸 만한 정보를 얻어 내라는 뜻입니다."
"아하! 신문을 많이 읽으면 되는 거구나!"
"아…, 음, 그러니까 말입니다."
"아니면 뭐, TV를 좀 자주 볼까?!"
확실히 의욕은 넘치는데 머리가 그다지 좋지는 않다. 하나 그렇기 때문에 노예로 부려먹기도 좋은 것이다.
"남들이 다 아는 건 정보라고 할 수 없죠!"
"…그게 무슨 뜻이야?"
"입소문 타기 전의 정보, 그게 돈이 된단 말입니다."
"아…!"
아무리 머리가 나빠도 이 정도 얘기해 줬으면 알아들어야 한다.
만약 알아듣지 못한다면?
'어쩔 수 없지. 바보를 일반인으로 만드는 건 불가능한 일이니까.'
아무리 인호가 능력이 좋아도, 안 되는 건 안 되는 것이다.

메콩강 개발 프로젝트의 1차 서류심사 1일 차가 되는 날이다.

심사관의 앞에 앉은 인호와 오 과장.

오 과장의 눈가가 파르르 떨려 온다.

"과장님, 혹시 마그네슘이 부족하세요?"

"…긴장돼서 그런 거잖아. 자네는 떨리지도 않아?"

"과장님이 이렇게까지 심약한 편인지는 몰랐네요."

아무래도 정민호 사건 때문에 심장이 벌렁거려서 별거 아닌 일에도 가슴이 떨리는 모양이다.

두 사람과 서류를 번갈아 보는 심사관. 이윽고 서류를 덮어 버린다.

탁!

금발의 벽안, 공사프로젝트의 재무이사라는 사람이 웃으며 인호에게 묻는다.

"남아프리카에서 꽤 많은 이득을 챙겼네요."

"당시의 시황이 우리에게 유리할 것 같기에 옵션을 좀 구매했었습니다!"

"그 책임자가 바로 최인호 씨이고요?"

"넵!"

"흥미롭네요. 선물옵션이라는 게, 사실 리스크 헷지의 목적보다는 투기에 더 비중이 높은 게 사실이잖아요. 한데 그걸 원래의 목적 그대로, 아주 제대로 사용해서 성공했다니 말입니다."

투자와 투기는 한 글자 차이이고, 그 의미 역시 한 끗 차이에 불과하다.

다만 그것을 어떻게 이용하느냐에 따라 간극이 크게 벌어지게 된다.

"솔직히 좀 놀랐습니다. 선물옵션을 다루는 것 또한 자재조달 사업자의 역량이라고 생각하거든요. 그래서 아성철강에 이목을 집중했었고, 담당자의 신상정보를 꽤나 많이 캐고 다녔었죠."

"아…! 그러셨군요!"

"반갑습니다. 나는 UCBF의 상무이사 알렉산더 로워스버그라고 합니다. 얼마 전에 팔라듐 부문의 투자총괄을 맡았었죠."

"아?!"

설마하니 이곳에서 팔라듐 선물옵션의 카운터파트너를 만나게 될 줄이야.

전혀 상상조차 못 했던 일이다.

'…아니, 이거, 대어 중에도 대어 아닌가?!'

오후와 저녁, 그 사이 어딘가.

이제 막 해가 중천에서 떨어지려는 시간이었다.

"…진짜로 아빠가 왔네."

"하하, 서아야! 할아버지 왔다!"

"꺄하아아! 하부우우!"

오늘부터 친정아버지가 서아를 돌봐 주신다더니 정말로 왔다.

아버지는 신발을 대충 벗어 던지더니 화장실로 달려간다. 깔끔하게 손부터 씻고 서아를 보겠다는 것이다.

"애는 내가 볼 테니까 넌 할 일 해라."

"아니, 밥부터 먹어야지."

"밥? 이 시간이 무슨 밥이야? 그리고 나야 어차피 저녁에 닭가슴살밖에 안 먹는데, 굳이 네가 애쓸 필요 있겠냐? 할 일 해. 배고프면 뭐라도 차려 주랴?"

과연 아버지에게 황혼 육아를 맡기는 게 맞는지 잠깐 생각해 본 적이 있었는데, 서아를 저렇게 좋아하는 아버지라면 오히려 그것도 나쁘지 않겠다 싶기도 하다.

"그럼 회계사 사무소에 좀 다녀올게요. 가서 자료정리도 좀 하고."

"자격증만 따 놓고 썩히는 게 마음에 걸렸었는데 말이야. 잘됐어."

"…그러셨어요?"

집안의 반대를 무릅쓰고 결혼부터 한다고 했을 때, 아버지가 제일 힘들어 한 부분이 바로 이것이었다.

경력단절.

"그래도 운이 좋았어요. 대학 시절 조교 언니가 수습을 받아줘서."

"운도 운인데, 최 서방이 고생이 많지. 너도 이젠 바깥일을 해서 잘 알 테지만, 회사생활이랑 육아를 병행한다는 게 결코 쉬운 일이 아니거든."

"어머, 어쩐 일이래. 아빠가 우리 남편이 걱정을 다 해주고."

"…걱정은 누가 걱정을 해. 그냥 사람이 고마운 건 고마운 줄 알고 살아야 한다는 걸 말하고 싶은 것뿐이지."

요즘 하루에 두 시간씩 헬스를 다니는 데다 종일 회사에서 붙어 있으니 정이 든 건가 싶기도 했다.

'하긴 우리 남편이가 노력을 좀 많이 하는 타입이어야지!'

사실 남편 정도의 노력이면 하늘도 감동해서 둘 사이를 붙여 줄 만도 하다.

어쩐지 기분이 좋아지는 설화.

"서아야!"

"암마마?"

"할아버지랑 산책이나 좀 갔다 올까?"

"꺄하하아아!"

회사로 나갈 준비를 하면서 서아의 외출 준비도 하는 설화.

"아빠, 서아랑 같이 나가요. 가서 산책도 좀 하고, 저녁도 먹고."

"우리 셋이서?"

"싫어요?"

"…아니!"

아버지는 미리 챙겨 온 편한 옷으로 후다닥 갈아입더니 척척 유모차와 서아의 분유가방을 챙긴다.

"유모차를 조금 더 짱짱한 걸로 바꿔야겠군! 가방도 더 큰 걸로 바꾸고."

"왜? 지금도 괜찮기만 하구만."

"내가 불편해서 그래! 이따가 오는 길에 쇼핑도 좀 해야겠어. 그치, 서아야!"

"헤헤, 하부우우!"

"어이구, 그래! 우리 손녀! 할아버지가 돈 쓸데가 없었는데, 잘됐네!"

"히히힛!"

생각해 보니 아버지는 딱히 물욕이 없는 사람이었다.

설화가 어려서부터 지금까지, 아버지는 자식들을 위해 쓰는 돈이 아니라면 그다지 사사로이 돈을 쓴 적이 없었을 정도였다.

'…생각해 보면 참 대단한 사람이긴 해.'

어쩌면 설화의 이런 검소함은 아버지에게서 온 것인지도

몰랐다.

이윽고 청바지에 흰색 티셔츠를 입고 모자를 푹 눌러쓰는 설화.

아버지가 그 모습을 보곤 한마디 한다.

"그거 아가씨 때 입던 거 아니냐?"

"맞아요. 살이 좀 빠져서 그런가, 옷이 크네."

육아를 하는 사람들은 크게 두 부류다.

살이 찌거나 빠지거나.

설화는 후자라서 원래 입던 옷들이 다 커져서 버리기 일보 직전이었다.

"너도 옷 좀 사자."

"됐어. 애 엄마가 무슨."

"…그냥 좀 사. 이럴 때만이라도 좀 져라. 어떻게 노상 아빠를 이기려고만 드냐?"

"으, 진짜 별론데. 최 서방이나 아빠나 왜 이렇게 새 옷에 집착을 하는 거야?"

"사람이 옷을 한 벌 사 입어도 구색에 맞게 입는 게 좋은 거다. 알겠냐?"

오랜만에 아빠의 잔소리를 들으니 귀가 좀 따갑긴 해도, 그 말에서 정이 느껴지니 기분이 나쁘지는 않았다.

'참 희한하네, 어려서는 그렇게 귀찮더니.'

그렇게 집을 나서서 오랜만에 아버지의 차에 오른 설화.

그녀는 낡은 차를 보곤 깜짝 놀랐다.

"이 차를 아직도 타요?"

"이 차가 뭐 어때서?"

한때는 성공의 지표로 불렸던 이 차. 하지만 이제는 20년이나 지난 고대 유물과도 같은 느낌이다.

"이 차로 너희 세 자매 전부 대학 보냈잖아. 그런 추억이 있는 차를 어떻게 함부로 팔아?"

"…나 참."

아버지의 재력이면 고급 수입차를 타고 다녀도 이상할 것 하나 없는데도 딸들과의 추억 때문에 팔지 못하고 있는 것이었다.

'진짜…. 우직한 거야, 미련한 거야?'

속상함 반, 미안함 반. 거기에 약간의 추억까지 더해지니 어딘가 울컥하는 마음도 든다.

"…저녁에 뭐 드실래요?"

"서아 잘 먹는 걸로 하자꾸나."

"아니, 아빠 뭐 드시고 싶냐고."

"이 나이에 뭐 그리 먹고 싶은 게 있겠냐? 난 그저 너희들 잘 먹으면 그걸로 족해."

역시 아빠는 끝까지 가족만 챙긴다.

이 순간 설화는 생각한다.

아무래도 아빠에게도 새로운 인생을 시작할 기회를 드려

야 하지 않을까 하고 말이다.

'…뭔가 아빠에게도 변화가 필요해!'

"최인호 대리의 얼굴이 궁금했는데, 이렇게 보니 미남인데요?"

"…아하하! 그러는 상무님이야말로! 엄청난 미남이십니다!"

한화로 무려 500억이다. 그 엄청난 돈을 꼬라박고도 인호를 잡아 족치지 않고 여기까지 왔다는 것.

분명 적신호는 아닐 것이다.

'마음만 먹으면 국가 주도 개발사업에 심사관으로 올 수 있을 정도의 능력이야. 나 같은 인간? 한입에 쓱싹하는 건 일도 아니란 말이지!'

대체 무슨 생각으로 여기까지 온 것인지는 몰라도 저 사람이 인호에게 관심이 있다는 것만큼은 확실해 보인다.

"아무튼, 그럼 우선협상대상자 선정에 대해서 한번 얘기해 볼까요?"

"넵!"

"자주 오는 기회가 아니니 신중하게 대답하세요."

"물론입니다!"

알렉산더 로워스버그는 인호에게 한 장으로 된 서류를 건넨다.

그 내용을 확인하는 인호.

'공사구역 조감도인가?'

메콩강 개발 프로젝트 1공구부터 13공구에 이르는 개발구역 조감도다.

슬그머니 미소를 짓는 알렉산더 로워스버그.

"당신들이 우선협상대상자가 된다면, 어디를 맡을지 알고 있습니까?"

"시기상으로 1공구부터 6공구까지가 현재 입찰기간인 것으로 압니다!"

"후후, 정확히 아시네요. 그럼 그 조감도가 당신들이 맡게 될 구역이라는 것도 잘 아시겠군요."

1공구와 2공구의 조감도를 보니 대형선박을 수용할 수 있고, 지상 및 해상물류의 연계성을 높이기 위한 설비들이 다수 설치되어 있는 것을 볼 수 있었다.

짜임새가 아주 좋다.

"어때요? 욕심이 좀 생기나요?"

"입찰을 따내러 온 사람이 욕심이 없다면 거짓말이겠지요!"

"그렇다면 이 시기에 굳이 인도차이나반도의 개발에 참여한 것은 1공구와 2공구에 가까운 항만을 십분 활용하기 위함이라고 생각해도 될까요?"

만약 우선협상대상자로 선정한다면 아성철강이 가진 항

만시설 때문일 것이다.

그만큼 인호가 지목하고 키워 낸 항만시설 부지는 대단한 힘을 가지고 있었다.

"가진 것을 활용하는 게 맞는 일이라고 생각했습니다!"

"음, 좋아요, 그럼 여러분에게 묻겠습니다."

이번에는 조감도 대신에 지형도를 꺼내는 로워스버그.

그 지도에는 1공구부터 6공구까지의 지형이 어떻게 생겼는지 아주 세세히 나와 있었다.

"보시면 알겠지만, 1공구부터 6공구는 바위지대입니다. 완만한 석산지대가 정글을 끼고 형성되어 있죠. 당신들은 이곳을 뚫고 자재를 조달해야 합니다."

"음…!"

엄청난 난개발이 예상된다.

아무리 대한민국 토목기술이 세계 최고수준이라고 해도, 이 도로를 임시 포장하는 것만 해도 족히 1년은 걸릴 것이다.

로워스버그는 웃으며 말했다.

"해당 지역의 개발비용을 최소한으로 줄일 수 있는 방법을 말해 보세요."

무지막지한 질문이었다.

옆에 있던 오 과장은 사색이 되었고, 로워스버그는 여전히 미소를 짓고 있다.

다소 난감한 상황.

그러나 인호에겐 다 계획이 있었다.

'오히려 좋아!'

"답은 간단합니다!"

"간단하다고요?"

확신에 찬 최인호 대리의 호언장담.

오대한은 눈을 질끈 감는다.

'간단해…? 간단하긴 대체 뭐가 간단하다는 거야?'

한국에서 도로공사용 중장비를 실어다 나르는 것만 하더라도 돈이 얼마인데, 파쇄장비까지 갖추려면 공사비를 뽑아내지도 못한 채 귀국길에 올라야 할지도 모른다.

그런 오대한의 생각은 아랑곳하지 않은 채 자기 할 말을 이어 나가는 최인호 대리.

"괜찮다면 제가 칠판을 좀 써도 되겠습니까?"

"네, 그럼요, 얼마든지."

면접장 뒤에 있는 칠판으로 향하는 최인호. 그런 그의 얼굴에선 고민이라곤 일말의 흔적조차 찾아볼 수 없었다.

마치 아주 오래전부터 계획해 온 일인 것처럼 말이다.

칠판 앞에 선 인호는 인도차이나반도의 지도를 그린 뒤, 거기에 메콩강을 수놓기 시작했다.

슥슥슥!

꽤나 많이 그려 본 솜씨다.

이어서 인호는 1공구부터 2공구로 이어지는 바위의 군집에서 선을 길게 빼 호찌민 최남단의 아성철강 항만창고로 이었다.

"이렇게 바닷길을 뚫어서 배를 띄운 뒤, 원자재를 지원합니다! 그럼 물류비용이 획기적으로 절감될 테지요."

"음, 하지만 메콩강 하류에서 띄울 수 있는 배의 크기는 한정되어 있죠. 그 크기를 늘리기 위한 공사를 진행하자는 거고. 그럼 절감비용 수준이 획기적이라 말할 수 있을까요?"

오 과장은 생각한다.

아무리 논리적인 최 대리라고 해도, 이 상황은 절대 돌파할 수 없을 것이라고 말이다.

'…괜히 대만까지 왔나?'

그 순간, 최인호 대리가 슬그머니 미소를 짓는다.

"만약 항만시설에 원자재 생산공장을 짓는다면요?"

"…뭘 짓는다고요?"

"한국에서 펠릿을 들여와 베트남 호찌민 부근에서 철근을 만들고 공사용 골재를 현장에서 수급해서 조달할 수 있다면? 그렇게 된다면 한 번에 많은 양을 실어 나를 이유도 없고, 운반비도 거의 들지 않습니다. 그렇지 않습니까?"

아예 현지에 공장을 증설해 버리겠다는 최인호 대리의

전략.

그야말로 대담함을 넘어 획기적이라 할 수 있었다.

"강 하구의 골재를 채취해 도로와 항만의 토목 건자재를 지원하겠다는 생각, 나쁘지 않군요. 하지만 그곳의 골재는 이미 싱가포르로 다량 들어가고 있다고 하던데?"

"골재야 현장에서도 만들어지잖습니까!"

"…아! 석산!"

"그 석산들, 그냥 그대로 갈아 버릴 것이라면 저희들이 골재로 만들어 재단해서 사용하면 되잖습니까?"

산을 깎아 도로를 깔고 항만을 짓는다. 그러니까, 이건 난개발이 아니라 아예 현지에서 자재를 그대로 조달해서 쓰는 도로계획인 셈이다.

"이렇게 하면 2공구 최북단에서부터 공사를 진행시킬 수 있으며, 최남단에서부터 바위지대를 부수고 올라간다면 최장 3년 안에 공사를 마무리 지을 수도 있겠죠!"

"확실히 그렇게 된다면 공사기간이 단축되고 운반비용이 줄어서 공사의 총비용이 절감되겠군요."

"네, 그럼요!"

"그걸 가능하게 하는 것이 바로 아성철강의 역외 항만창고라는 거고요?"

"맞습니다!"

오대한은 망치로 머리를 한 대 얻어맞은 느낌이었다.

'…뭐야? 설마 여기까지 내다보고 알박기를 한 거였나?!'

이 정도면 남의 공사장 한복판에 알박기를 했다고 욕먹어도 할 말이 없을 정도로 입지를 잘 골랐다.

부동산 매입에 대한 의견은 최인호 대리가 냈다고 알고 있는데, 만약 그렇다면 저 인간은 1공구와 2공구의 연계성까지 계산했다는 뜻이 된다.

짝짝짝!

"브라보!"

알렉산더 로워스버그는 아주 흡족한 미소를 짓는다.

얼마 전에 513억을 잃고 엿을 거하게 맛본 사람이라곤 전혀 생각되지 않을 정도의 환한 미소였다.

"당신은 애초에 다 계획이 있었던 것이군요!"

"나름대로 필승전략을 짜 두었다고나 할까요!"

"만약 잘못해서 우리가 부동산 운용 권한을 빼앗았다면 어쩌려고 그랬습니까?"

"이렇게 대대적으로 수상운송 수단을 확장하려는데, 중간에 하청업체들의 부동산을 함부로 유용한다? 무서워서 누가 일하려 들겠습니까?"

"하하, 역시!"

어느 하나 작은 틈조차 허용하지 않는 철벽 방어.

최인호의 전략은 그야말로 필살기 그 자체였다.

'그렇게 매일 여유작작하던 이유가 다 있었어! 아, 역시!'

이 순간 오대한은 깨닫게 되었다.

자신이 아무리 발버둥을 쳐도 최인호는 절대로 뛰어넘지 못하겠다고 말이다.

한때나마 최인호에게서 벗어나 나만의 세력을 구축해 볼까 싶었었 그는 생각을 접었다.

'…죽으나 사나 최인호밖에는 없다. 그래, 이 길밖에는 없어!'

'하얗게 불태웠다!'

할 수 있는 건 다 했다.

이제 남은 것은 로워스버그가 인호의 계획을 어떻게 생각하느냐, 그것뿐이었다.

그는 흥미롭다는 듯, 인호를 바라본다.

"만약 우리가 당신들을 우선협상대상자로 선정한다면, 따로 원하는 거라도 있습니까?"

"석산을 부수어 만든 석재는 우리 아성철강에게 그 소유권이 있다는 점, 그것만 확실히 한다면 좋겠습니다만!"

"그게 끝?"

"어차피 건자재를 조달하러 온 사업자인데, 가격만 잘 맞춰 주신다면, 뭐가 더 필요하겠습니까?"

심사는 끝날 때까지 끝난 게 아니다.

아주 작은 단어 하나라도 신중하게 엮어서 어떻게든 아성철강에게 유리한 고지를 만들어 내야 한다.

로워스버그는 고개를 끄덕였다.

쿵!

그리고 찍히는 직인.

로워스버그는 아성철강을 우선협상대상자로 선정한다는 계약서에 도장을 찍었다.

"축하합니다. 대한차그룹이 1공구와 2공구를 공사하는 시공사업자로 선정되었습니다."

"…입찰팀 전체를 우선협상대상자로 올리겠다고요?"

"대현차그룹이 어부지리로 업혀 가네요? 살다 보니 이런 일이 다 생기는군요."

인호의 계획은 자재조달 부문에서만 우선협상을 취하는 것이었는데, 로워스버그의 그림은 그보다 더 거대했다.

아예 1공구와 2공구의 난개발을 한국에 맡겨서 효율성을 극대화하겠다는 것이었다.

"한국의 토목기술력은 세계 최고수준이라던데, 이참에 그 수준을 확실하게 보여 주었으면 좋겠습니다."

"그럼요! 한 치의 오차도 없이 확실하게 마무리하겠습니다!"

"석재에 대한 얘기는 대현차그룹과 해 보세요. 우리는

공사에 대한 모든 권한을 당신들에게 부여했으니, 나머지는 팀원들이 알아서 해야 할 문제 아니겠습니까?"

"알겠습니다. 나머지는 저희들이 스스로 해결 짓겠습니다!"

우선협상대상자로 선정되었다.

그야말로 대박이 터진 것이다.

"최인호 대리."

"넵!"

"조만간 투자시장에서 다시 봅시다."

로워스버그는 어떠한 그림을 머릿속에 그린 뒤, 이곳에 왔을 것이다.

과연 그 그림이 무엇인지 아직까진 알 수가 없다.

'뭐가 됐든 간에 괜찮아! 드루와, 드루와!'

우선협상대상자 선정 직후.

"여보세요? 장인어른!"

-최 서방! 어떻게 됐어?

긴장하는 장인의 목소리.

인호는 장인에게 기쁨의 승전보를 전했다.

"따냈습니다! 우리가 우선협상대상자로 선정됐습니다!"

-…아! 정말 고생 많았네! 고생했어!

어지간해선 흥분하는 일이 없던 장인 목소리가 한껏 높

아졌다.

수화기 너머로 서아의 목소리도 들리는 듯하다.

-하빠바바바!

-서아야, 너희 아빠가 대박을 쳤단다! 하하하!

-아빠빠빠?! 헤헤, 아빠!

시간을 보니 장인이 딱 서아를 돌보고 있을 때이다.

마침 이 시간에 보고를 하니 보너스로 딸의 목소리도 들을 수 있어서 일석이조였다.

"장인어른, 정말 고생 많으십니다! 갑작스러운 황혼 육아라니요."

-황혼은 무슨. 적적하지 않고 좋지, 뭐. 집에 들어가 봤자 기다려 주는 마누라가 있나, 반겨 주는 자식이 있나? 이 집에 오면 서아가 반겨 주니 사람 사는 맛이 나잖아. 얼마나 좋아?

"하하, 그러셨습니까?"

-아무튼, 정말 고생 많았네! 한국에 돌아오면 산삼이라도 몇 뿌리 사서 씨암탉을 잡아야 할 모양이로군.

"에이, 뭘, 그 정도까지야! 돌아가면 술이나 한잔하시죠!"

-술, 좋지!

이렇게 신나 하는 장인의 목소리는 정말이지 오랜만인 것 같다.

-쭙쭙쭙!

-으?! 서아야, 핸드폰은 더러워! 에퉤!

-으헤헤헤헤!

-나 참…, 끊어야겠군. 자꾸 핸드폰을 빨아 대서 말이야.

"하하, 네! 알겠습니다!"

물론 육아가 아예 힘들지 않단 건 아니다.

예쁜 건 예쁜 거고, 아이 돌보는 건 심력이 소모되는 일이니까.

'쉽지 않지! 암, 그럼!'

조만간 정말 큰 선물을 하나 해 드려야겠다는 생각이 절로 든다.

"…정말 대단하십니다."

"운이 좋았네요!"

"이게 단순히 운이 좋아서 될 일입니까? 예전부터 느끼는 건데, 보통 인물은 아니시네요."

대현차그룹의 입찰 담당자들은 마치 날아갈 것 같은 표정으로 인호의 낙찰 소식을 접했다.

팔라듐에 대해 혜안이 넓다는 건 익히 알려진 사실이었으나, 그에 더해 운까지 좋다는 것에 다들 한 번 더 놀라는 눈치다.

"발주처와 논의해 보니 공사조건이라든지 대금상환조건이 상당히 좋더군요. 지금 방법도 현찰에 채권을 섞는 형식이라 마음에 들고요."

"그야말로 일사천리네요?"

"이제부터는 우리끼리의 협상이 제일 중요하지 않겠습니까?"

너도 나도 다 아는 우선적인 이익수단이 눈앞에 놓여 있다.

그것은 바로 석재라는 것.

과연 이것을 누가, 얼마나 가지고 갈 것인가에 대한 문제는 정말 중요하다고 볼 수 있다.

대현차그룹이 먼저 얘기를 꺼낸다.

"협상이랄 게 뭐 있습니까? 우리는 그저 계약서에 명시된 대로 자신의 할 일을 해내면 그만인 거죠."

"채석에 대한 권한이 한두 푼이 아니라서 말입니다."

"아! 그거요? 그건 이렇게 합시다. 우리가 바위지대를 부수고 도로를 닦는 데 집중할 테니, 그 일대를 깔끔하게 정리하는 것은 여러분들이 맡아 주시면 되잖습니까?"

어차피 바위지대는 부수어야 임시 도로라도 깔 텐데, 그 일대를 정리하는 것만으로도 충분히 공사비용이 올라가는 부분이다. 한데 그걸 아성철강에게 넘겨서 인건비라든지 중장비 비용을 아끼겠다는 것이다.

"음! 그런 합리적인 방안이라면야! 얼마든지 오케이죠!"

"좋습니다. 그럼 바위 파괴에 대한 작업은 우리가, 부산물 운반과 처리에 대한 것은 아성철강이. 그렇게 맡는 것으로 합시다."

"화끈하시네요!"

"여러분이 공사를 화끈하게 따냈는데, 우리도 화끈한 모습을 보여 줘야 하지 않겠습니까?"

오히려 대현차그룹이 아성철강에게 업혀 가는 그림이었다.

좋은 게 좋은 거라고, 대기업에서 먼저 한 수 접어 준 셈이다.

대현차그룹의 담당자들은 한 수 접은 김에 아성철강의 앞길을 훤히 열어 주려 한다.

"이번에 우리가 베트남에 자동차 공장을 오픈하기로 했는데 말이죠. 혹시 소식 들으셨습니까?"

"작년부터 업계에 얘기가 돌고 있기에 알고는 있었죠."

"그래서 말인데, 우리 회사의 냉연강판 제품을 아성철강이 좀 생산해 주시면 어떨까 싶습니다만."

"…냉연강판을요?"

자동차보다 철강 비중이 높은 산업도 드물다.

전체부품의 60% 이상이 철로 되어 있을 정도로 자동차는 그 자체만으로도 거대한 철 덩어리나 마찬가지이다.

거기에 들어가는 강판을 외주로 받는다면, 상당히 높은 비율로 매출이 올라갈 것이다.

"물론 당장 맡아 달라는 건 아닙니다. 우리가 가진 포뮬

라에 맞는 설비도 구축하셔야 할 거고, 생산라인도 손봐야 할 테니까 말입니다."

"저희는 언제든지 준비가 되어 있습니다!"

"그럼 3개월 후에 강판매입 최종 승인이 날 텐데, 그때까지 샘플을 만들어서 제출해 주시겠습니까? 그렇게만 된다면 하청 입찰 우선협상대상자로 선정해 드리겠습니다."

엄청난 이변이었다.

속으로 쾌재를 부르는 인호.

'오케이, 바로 이거지!'

지금까지 대현차그룹과의 스킨십을 늘리려 부단히도 애를 써 왔던 인호.

그는 관련 분야 확장이라는 카드를 사용하기 위해 여기까지 온 것이다.

이제는 여기서 포텐을 터뜨릴 차례다.

"저희 아성철강이 대현차그룹에게 새 시대를 열어 드리겠습니다!"

다음 날 아침, 대만에서 귀국한 인호와 오 과장.

"자, 박수!"

짝짝짝짝!

회사에 들어서자마자 박수갈채가 쏟아진다.

인도차이나반도 공사 입찰에 성공한 인호와 오 과장을

환영하며 맞이해 주었다.

장인은 진심으로 사위가 자랑스럽다는 듯, 인호의 양어깨에 손을 척 올린다.

"고생 많았네…!"

"이게 다 우리 회사가 한마음 한뜻으로 뭉쳤기에 가능한 일 아니겠습니까?"

"오 과장도 수고 많았어!"

"하핫, 제가 뭐 한 것이 있습니까?"

지금까지 아성철강이 따냈던 그 어떤 입찰보다 규모가 컸다. 한마디로 인호는 사상 최고액의 매출을 따낸 셈이었다.

"인사조정이 있을 예정인데 말이야, 최인호 대리."

"넵!"

"축하하네. 과장 승진이야."

"…네? 제가요?"

뜻밖의 고속승진이었다.

지금까지 입사 1년도 채 안 되어 과장 승진을 한 사례는 한 번도 없었기에 그야말로 파격적이었다.

하나 그 어떤 누구도 인호의 과장 승진에 불만을 품지는 못했다.

심지어 생산과장 이호식조차도 별말 하지 못할 정도였다.

"축하해…."

"고맙습니다."

요즘 워낙 잘나가는 인호에게 기가 눌린 이호식은 그저 입을 꾹 다물고 있을 뿐이다.

'하지만 그래도 그냥 내버려둘 수는 없지!'

그 괄괄하던 이호식이 이리도 조용하다는 것은 뭔가 꿍꿍이를 숨기고 있다는 뜻이다.

조만간 둘째 동서를 정리하는 김에 같이 정리해 버리기로 마음먹었다.

"이번 주 토요일에 다들 회식 어때?"

"좋습니다! 이렇게 성과도 좋은데 회식 한번 해야죠!"

"토요일에는 내가 금일봉 쏠 테니까 다들 벨트 물고 제대로 한번 마셔 봐."

"감사합니다!"

일도 잘 풀렸겠다, 제대로 한 턱 내려는 모양이다.

'기분이 좋아 보이시네!'

진심으로 환하게 웃는 장인의 모습이 정말 보기 좋다.

대만에서의 성과를 한 권의 보고서로 정리한 인호.

"…공장 증설이라."

"모래를 팔아서 번 돈으로 라인을 증설하면 될 것 같습니다만!"

"참 대단한 친구일세. 철근으로도 모자라 강판 건수까지 물어 와?"

"이게 다 우주의 기운이 아성철강을 돕고 있기 때문 아니겠습니까?"

인도차이나반도 진출로도 모자라 냉연강판 건수까지 물어 온 인호가 어찌 예쁘지 않을까.

장인이 진심으로 흡족한 미소를 짓는다.

"어차피 입찰에 성공하기만 하면 아시아 진출의 교두보로 사용하려던 곳이 베트남 호찌민 아닌가. 내가 인맥을 최대한 동원해서 자네의 프로젝트에 부족한 부분이 없도록 해 주겠네."

"그럼 장인어른! 한 가지 부탁을 좀 드려도 되겠습니까?"

"물론, 당연하지."

이제 아성철강은 글로벌 시장으로 나아가야 한다.

하나 지금으로선 절대 경쟁에서 우위를 점할 수 없다.

백년 기업을 향한 발판, 인호는 그것을 일본에서 찾았다.

"일본 고베, 오사카에 철강산업이 유명한 것으로 압니다."

"뭐, 그렇긴 하지. 그런데 그게 왜?"

"하지만 최근 일본의 철강업계가 부진을 면치 못하면서 중소기업들이 줄도산하고 있는 것으로 압니다."

"흠…, 버블붕괴 이후로 10년 동안 부진했으니. 거기에 최근에는 덤핑판정 때문에 미국에 수출까지 못 하게 되었고. 그럴 만도 하지."

한때 일본의 철강산업은 아시아 시장의 패권을 틀어쥐고 있을 정도로 단단하기 그지없었다.

하나 잃어버린 10년을 겪으면서 일본은 극단적인 저성장 국면에 접어들었고, 철강업계의 무분별한 물량공세에 지친 시장이 일본 기업들을 밀어내기 시작한 것이다.

"제 생각에는 이제 설비보다도 기술력, 첨단산업에 한발 다가서는 것이 좋다고 봅니다!"

"그렇다는 건, 일본의 설비를 한국으로 들여오자는 얘기인가?"

"아니요, 인수합병을 진행하자는 말입니다!"

"…합병?"

땅거미가 내려앉은 청천시의 유흥가.

"어머…? 갑자기 왜 이래? 뽀찌를 안 받는다니?"

"나도 이제 좀 떳떳하게 살아 보려는 거지!"

대만에서 돌아온 지 몇 시간 되지도 않아 유흥가로 발걸음을 한 오유한은 연신 뜻밖의 소리를 늘어놓기 시작했다.

"최소한 어디 가서 가슴 펴고 살 정도는 되어야 남자 아니겠어?"

"어디 아파? 사람이 갑자기 이러니까 이상하잖아."

지금까지 청천 시내 유흥주점에서 접대 리베이트를 받아 온 오유한이 손을 씻겠다고 선언했다.

유흥가의 정 마담은 이게 대체 무슨 일인가 싶은 것이었다.

"왜? 와이프가 이제 기러기 생활 청산하게 해 준대?"

"…그럼 얼마나 좋겠어? 그건 아니고, 잘하면 이제 승진도 할 것 같고, 성과급도 아주 잘 나오고 있거든. 그래서 굳이 리베이트까진 필요 없을 것 같아."

"어머머! 이 아저씨 진짜 이상해졌네. 다다익선이라는 말도 몰라? 오 과장님 진짜 왜 이래?"

"아무튼, 그래도 접대는 계속 이쪽으로 보내 줄 테니까 걱정하지 마. 우리 팀 막내가 진짜 괴물 같은 놈이거든? 그놈이 우리 회사에 있는 한, 접대비 마를 일은 없을 거야."

최근 들어 접대가 점점 많아지고 있기에 정 마담은 오 과장이 리베이트를 조금 더 올려 달라고 찾아온 줄 알았다.

하나 오 과장은 진정으로 책잡힐 일을 만들지 않기로 한 것뿐이었다.

"앞으로 돈 받을 일은 없을 거야. 오히려 내가 정 마담한테 돈을 주면 모를까."

"돈을 주다니? 그게 무슨 소리야?"

"나도 이제 정보력 좀 더 키워 보려고 그래. 리베이트를 돈으로 받는 대신에 앞으로는 정보로 받으면 좋겠는데. 자기는 어떻게 생각해?"

정 마담은 기가 찬다는 듯이 웃었지만, 그게 나쁘다곤 생각하지 않는다.

"나야 우리 단골들이 잘나가게 되면 좋지! 잘나가는데, 정보가 필요하다? 그럼 내가 줄게. 나랑 일주일에 한 번씩 술 한잔하면서 이런저런 얘기나 좀 해."

"술은 공짜지?"

"하여간 짠돌이 같으니! 알겠어! 대신 술은 소주? 콜?"

"콜!"

유흥이 유일한 취미이자 특기인 오 과장은 지금까지 살면서 단 한 번도 이것을 무기로 사용해 보고 싶다는 생각을 한 적은 없었다.

하나 막내가 승승장구하는 모습을 보면서 정보는 곧 힘이라는 생각을 하게 된 것이다.

'그래, 나도 성공 한번 해 보자!'

마침 이 근방 마담들이라든지 호스티스들과 친하게 지내고 있으니, 떨어지는 부스러기를 조금이라도 주워 먹으면 이득이 될 것이다.

"어서 옵쇼!"

"어머, 오셨어요?! 얼른 들어오세요! 애기들이 지금 기다리고 있어요."

잔뜩 흥분한 모습의 정 마담.

오 과장은 딴청을 부리면서 정 마담이 접대하는 모습을 힐끔힐끔 쳐다본다.

그러자 프런트에 있던 박 실장이라는 사람이 오 과장에게 속삭인다.

"…관세청 통관관리국장이랑 청천은행 여신관리국장."

"오?"

박 실장은 건달이지만 의외로 촉새 같은 면이 있는 데다, 오 과장과 결이 잘 맞는 편이었다.

잠시 후, 또 다른 한 사람이 술집으로 들어온다.

"안녕하십니까!"

"정 마담, 이 친구는 누구야?"

"아! 이 사람이 바로 제가 얘기했던 능력 좋은 세관 직원이에요."

"아하, 그 친구가 바로 이 친구야?"

이 사람이 누구인가 묻기도 전에 답이 먼저 나왔다.

"청천세관의 정민우입니다!"

"음, 그래?"

"제가 국장님들 뵙는 자리에 그냥 오기엔 좀 뭣해서 선물을 준비해 봤습니다!"

"오…!"

"묵직하니 마음에 드실 겁니다!"

정민우, 정민우…. 오 과장은 그 이름이 어째 낯설지가 않다는 느낌이 들었다.

어디선가 많이 들어 본 이름.

고개를 갸웃거리는 오 과장에게 실장이 넌지시 말해 준다.

"아성철강, 아성철강…!"

"우리 회사?"

"…과장님네 회사 사장 사위!"

"어?!"

어디서 많이 들어 봤다 했더니, 사장 집 사위를 이런 곳에서 만나게 될 줄이야.

'오 마이 갓!'

"…그러니까, 이선증권 투자은행 부서에서 직접 담당을 해 주기로 했다, 이거지?"

"네! 그것도 무료로 말입니다!"

약속대로 장서 간에 술자리를 갖게 된 인호와 장인.

인호는 이곳에서 얼마 전에 받은 이선증권의 제안을 적극 활용해서 인수합병을 단행하자는 의견을 제시한 것이다.

이윽고 타이밍 좋게 소주와 함께 잘 구워진 꼼장어가 나왔다.

치이이익!

"오…!"

"일단 한잔하면서 마저 얘기하자고."

제아무리 인호가 대단한 사위라고 해도, 인수합병이라는 것은 함부로 결정할 수 있는 문제가 아니었다.

더군다나 윤황석은 과거 인수합병 결렬로 고통을 받아 본 적이 있었던 터라, 조금 더 신중할 수밖에는 없었다.

"예전에 IMF사태가 터지기 직전에 말이야. 우리 회사도 경기에서 제일 큰 철강회사가 되겠다고 절치부심한 적이 있었거든. 그런데 그 결과가 아주 처참했지."

"그 결과가 바로 지금 가지고 계신 제2, 제3 공장인 거고요?"

"…잘 아는군."

"저도 아성철강 소속 과장이니까요!"

장인은 인호의 너스레에 피식 웃음을 짓더니 사위의 앞접시에 잘 구워진 꼼장어와 생강절임 등을 정성스레 얹어 준다.

그러면서 과거에 씁쓸했던 기억을 애써 다잡으려 노력하는 모습을 보인다.

"그때 우리가 날린 돈만 거의 600억쯤 되었을 거야. 어지간한 중소기업이었잖아? 그대로 녹아웃이야. 그때 공장장이며 지금의 과장들이 일선에 나서서 사태를 진화해 준 덕에 아직까지 살아남은 거야."

"음, 그래서 오 과장을 아직까지…."

"맞아, 자네의 말처럼 오 과장을 아직까지 못 자른 이유도 거기에 있는 셈이지."

알면서도 못 자른다는 말이 괜히 있는 것이 아니다.

아무리 개차반처럼 구는 사원이라고 해도 어려운 시절을 함께 견뎌 준 전우를 함부로 내칠 수는 없는 노릇이었으니까.

"인수합병이 잘못되면 회사 전체가 흔들려. 그래서 합병이 쉽지 않은 거야. 특히나 제조업의 경우엔 더더욱 그렇지."

"음…, 무슨 말씀인지 잘 압니다! 저도 충분히 공감이 가는 얘기이니까요."

인수합병 실패로 무너진 회사가 어디 한둘이겠는가.

하나 인호는 자신이 있었다.

"아성철강은 이선증권 투자은행 부서와 손잡고 경기권 최고의 철강회사가 될 겁니다! 제가 보장하죠!"

"…정말로 그렇게 만들 수 있겠나?"

"네, 그럼요!"

"흠…."

"만약 허락만 해 주신다면, 이선증권과 상의해서 기획안 하나 멋지게 뽑아 보겠습니다!"

최적의 타이밍에 자금을 동원하고 시기적절하게 협상에

나서서 최고의 성과를 만들어 내는 것.

지금까지 인호가 꿈꿔 온, 지금 이 시기에 가장 적합한 큰 그림이었다.

장인은 소주를 한 잔 꿀꺽 삼킨다.

"크흠!"

"아이고, 자작하시면…."

"좋아! 자네를 한번 믿어 보도록 하지."

"오…! 감사합니다!"

"대신 조건이 하나 있어."

"네! 말씀만 하십쇼!"

"얼마 후에 경기도 철강협회 모임이 있어. 거기에 자네가 우리 회사 대표로 참석해 줬으면 해."

"…예?"

장인의 빈 잔을 채우려던 인호는 순간 흠칫 손을 멈추고 말았다.

경기도 철강협회는 사분오열된 한물간 협회이지만, 경기도 내에서는 아직도 입김이 상당한 집단이다.

그런 집단에 장인 대신 나간다는 것은 꽤나 큰 의미를 내포하고 있다.

"거긴 아들들이나 내보내는 자리인데, 왜 저를…."

"사위도 자식이라면서."

"아니, 뭐, 그렇기는 합니다만."

"거창한 거 아니야. 그냥 우리 아성철강이 이만큼 건재하다는 걸 보여 달라는 얘기야."

"아…!"

청천시 철강협회와는 스케일이 다른 집단에 나간다는 것.

다시 말해 이 업계에 뼈를 묻겠다는 뜻이나 다름이 없었다.

'…장인어른이 이런 결단을 내리다니. 뭔가 다른 뜻이 있는 건 아니겠지?'

워낙 인정에 박한 사람인지라, 장인은 누군가를 칭찬한다거나 치켜세워 주는 사람은 절대 아니었다.

그런 사람이 인호를 후계자에 준하는 자리에 내보낸다는 것은 아주 특별한 의미라고 할 것이었다.

"차라리 공장장님을…."

"공장장이 내 아들은 아니잖나."

"뭐, 그렇기는 합니다만."

"남들 다 있는 아들 하나 없어서 빌빌대는 아저씨라 좀 그렇긴 하네만…. 그래도 자네가 반드시 나가서 내 면을 세워 주리라 믿어 의심치 않겠네."

"아니, 뭔 말씀을 그렇게까지…."

아들 없어 빌빌대는 사람이라니.

장인이 이렇게까지 말하는데 부탁을 들어주지 않기에도

좀 뭣했다.

인호는 어쩔 수 없이 조건을 수락해 버린다.

"…네! 그럼 뭐, 제가 나가겠습니다!"

"오, 화끈한데?"

"대신 장인어른도 인수합병에 최선을 다해 주셔야 합니다!"

"당연하지. 내가 얘기 안 했던가? 내가 젊었을 때, 일본에서 철강을 배워 왔다고. 그때 내 친구들이 지금은 일본에서 사장 자리에 앉아 있지."

인호가 일본의 설비를 인수하겠다고 자신했던 것은 장인의 이러한 경력 때문이었다.

그 경력을 이용할 수 있다면, 그깟 얼굴마담쯤이야 몇 번이라도 더 해 줄 수 있다.

"한 잔씩 하고, 의기투합하는 것으로 하시죠!"

"자네가 건배사 한번 뽑아 봐."

"둘이 마시는데 건배사를요?"

"둘이면 건배 안 해? 뭐 열정이 이렇게 부족한 친구가 다 있어?"

"…거참, 알겠습니다. 그럼 건배하시죠. 청바지!"

"청바지?"

"청춘은 바로 지금!"

"오…! 건배사 죽이는데?"

"청바지!"
"청춘은 바로 지금!"
장서 간의 시간이 점점 깊어져 간다.

1차 이후에 2차, 3차까지 이어진 술자리.
후룩!
콩나물국을 한 수저 떠먹는 장인.
"…어휴, 좀 낫네. 이런 집은 또 어떻게 알았어?"
"그냥 뭐, 오며 가며 알게 된 겁니다!"
회사 앞에서 시작된 술자리는 어느새 인호의 오랜 단골집인 '천안집'까지 이어졌다.
지금의 천안집은 그저 작은 구멍가게에 불과한 작은 술집이지만, 인호가 회사생활 30년을 넘겼을 때에는 동네의 유명한 노포가 된다.
"갑오징어 좀 볶아 왔으예! 맛있게 드이소!"
"이모, 땡큐베리 감사!"
"하이고, 이모는 마! 인제 서른도 안 된 처녀한테 그게 무신 말입니꺼?!"
"앗! 미안합니다! 내가 마누라 말고는 죄다 이모라서!"
"참 내, 시집 못 간 처녀는 서러워서 살긋나? 아무튼, 맛있게 드이소!"
넉살 좋고 손맛 좋은 천안집의 주인장은 어머니에게서

물려받은 레시피로 가게를 차려 지역의 유명인사가 된다.

젊어서부터 이곳 단골이 된 인호는 주인장과 꽤나 친분이 두터운 편이었다.

"젊은 사람이 넉살이 좋네."

"손맛이 기가 막힙니다! 어머님 레시피라는데, 드셔 보세요!"

장인은 입맛이 별로 까다롭지 않은 사람이지만, 의외로 미식가 기질이 있다.

우득!

쫄깃한 갑오징어의 식감이 생생하게 살아서 달큰한 고추장 양념과 함께 어우러져 한 폭의 해돋이를 연상시킨다.

"…지금은 갑오징어 철이 아닌데도 괜찮네?"

"이쯤이면 갑오징어가 슬슬 올라올 때이니 철이 맞기는 하죠!"

"아무튼 죽이네, 이거!"

3차에서 또다시 술잔을 부딪치는 두 사람.

술잔을 비운 뒤, 인호가 장인에게 묻는다.

"소식 들으셨습니까? 이제 곧 미국이 세이프가드를 시행한다고 하던데 말입니다."

"음, 뭐, 그 얘기야 오래전부터 나온 거고. 올해도 뭐 그럭저럭 지나가지 않겠나?"

일본의 거듭되는 물량공세에 지친 미국 철강업계는 세이

프가드 청원을 이어 나가고 있었다.

하나 아직 상무부의 반응이 미온하기만 했다.

"하지만 만약 이번에 상무부가 큰맘 먹고 무역제재를 가해 버리면 판은 어떻게 될까요?"

"그렇게 되긴 어렵겠지만 정말 만약 상무부가 그런 선택을 한다면 일본의 자본이 부화뇌동할 가능성도 있긴 하지."

현재 미국으로 가장 많이 몰려 있는 자본 중 하나는 다름 아닌 일본계 채권이었다.

80년대의 일본은 버블이 만들어 낸 엄청난 엔화를 바탕으로 미국을 정조준했고, 그 투기자본이 아직까지 미국에 다수 남아 있었다.

"만약 미국이 일본을 때린다? 바로 반격이 날아올 거야."

"자금이 미국을 탈주해서 해외로 나간다는 말씀이시죠?"

"그렇게 하지 않고선 버티지 못할 시장이 될 테니까. 자네도 한번 생각해 봐. 수출품을 보낼 수조차 없는 시장이 된다면 과연 엔화세력들이 미국시장을 신뢰할까?"

장인의 해석이 백번 맞았다.

일본계 투자자들이 미국에 뿌리를 내린 것은 미국이 최대수출국이기 때문인데, 만약 그 무역 관계마저 흔들린다면 과연 자금을 미국에 묶어 둘 이유가 있을까?

"그나저나 일이 그렇게까지 된다면 인수자금이 꽤나 모자랄 텐데, 자네에겐 무슨 생각이 있는 건가?"

당연히 나올 말이었다.

일본의 철강업계가 흔들리는데 대한민국의 철강회사라고 무사할 리가 없으니까.

하나 인호는 자신이 있었다.

"네, 그럼요!"

바쁘게 돌아가는 청천경찰서.

"팀장님! 조서 다 꾸몄습니다!"

"얼른 컴퓨터로 넘겨…."

"경기 북부청에서 사기 사건을 넘겨줬습니다! 우리가 수사하라는데요?"

"…와, 진짜 죽을 맛이네."

경제범죄수사팀장 윤설림. 한때 경기북부지방경찰청 에이스로 불린 그녀였지만, 지금처럼 정신없을 때는 또 처음이다.

[밀무역 조서…]
[펀딩 사기 조사보고서]
[역외 이중 밀무역 사건 참고자료…]

"죽으라는 건가, 살라는 건가!"

지금 맡은 사건만 해도 몇 개인데, 오늘 새로 넘어온 건수가 무려 네 건이 넘는다.

이러다 죽는 거 아닌가 싶은 생각이 절로 들었다.

"이래서 잘난 사람만 죽어나는 겁니다."

"이게 다 팀장님이 잘난 탓이니 그러려니 하십쇼."

"…지미럴."

경찰 간부 임관 후, 대학원에서 경제학을 공부한 그녀는 범죄경제학에 조예가 깊다.

경기 북부에서 그녀를 따라올 수 있는 사람은 없는 바, 관할 경찰을 옮겨도 여전히 사건은 그녀를 따라다녔다.

물론 그렇다고 해서 사건이 내 마음처럼 알아서 술술 풀리는 것도 아니었다.

"밀무역 관련 금융자료는 이게 다야?"

"해외기관에서 협조를 잘 안 받아줘서 말입니다."

"씨부랄…! 잘못하면 처음부터 다시 조사해야 할 판이잖아."

그중에서도 제일 머리가 아픈 건 밀무역과 역외탈세와 관련된 사건들이었다.

딩동!

보고서 더미에 파묻혀 생을 마감하기 직전, 한 통의 문자가 도착한다.

[외교부 수신]

[귀관의 사건번호 *34**번의 협조요청이 거절되었습니다. 재신청을 원하실 경우, 명일 오전 10시까지 정부청사 외교부 C동 14**호로 방문해 주시기 바랍니다…]

[협조기관 : 대한 TWK은행 외 3개 금융기관]

"…허, 쓰벌? 이건 또 뭐야?"

요즘에 철근값 올린다고 밀수까지 판치는 형국이었다.

한데 대만의 금융회사들은 자금추적을 위한 협조를 잘 해 주지 않는다.

"안 그래도 짱구가 깨져 버리게 생겼구만, 이 새끼들이 진짜!"

"아무래도 대만 쪽 밀수 건은 포기해야 할 것 같은데요?"

"하! 이거 경기도나 인천 쪽에서 나간 게 분명한데, 하필이면 결정적인 증거가 없냐?"

한 방이면 끝날 사건이다.

이를 해결하기 위해서 경기 북부청에 있을 때부터 그리도 열심히 뛰었건만, 정작 밀수꾼들 씨를 말리겠다고 청천서로 넘어왔으나 결과가 좋지 않았다.

바로 그때였다.

딩동!

"…이번엔 또 뭐야?"
요즘 하도 머리가 복잡하니 문자가 오기만 하면 불안해진다.

[제보 하나만 하겠습니다. 이메일을 확인하면 바로 답신 주십시오]

"뭐야, 이건?"
뜬금없이 날아든 문자다.
황당하게도 이런 문자를 받으니 짜증이 확 치밀어 오른다.
"아놔…."
하나 경찰은 사건제보를 받으면 손가락이라도 하나 까딱해야 하는 사람이다.
이메일을 확인하는 그녀.
한데….

[…계좌내역 : TWK…]

"어…?!"
외교부에서도 튕겨 낸 그 계좌내역이었다.
한데 그 발신지가 약간 당황스럽다.
"…아성철강?"

이른 아침부터 부산한 인호네 집.
"다녀올게!"
"차 조심하고, 늦을 것 같으면 전화하고!"
"걱정 마! 요즘 회사에 일 그렇게 많지 않으니까!"
인호의 퇴근시간은 3시다.

해외영업팀장으로 발령받은 그는 오전에 서류업무만 정리하고 나면 외부영업으로 빠져 회사에 있지 않아도 된다는 특혜를 받은 것이다.

사장 사위에게만 보장되는 특혜 아니냐는 말이 나올 수도 있지만, 지금 인호보다 실적을 더 많이 올릴 수 있는 사람은 없었다.

다만 인호의 아침은 누구보다 일찍 시작한다.

새벽 5시경에 다니는 첫차를 타고 청천시로 넘어가 한 시간 운동하고 7시 30분경 업무를 시작한다.

누구보다 빠르게 시작되는 업무이지만 인호는 아무런 불만이 없었다.

"캬! 새벽공기 좋다!"

어슴푸레한 새벽의 정취가 인호는 감성을 자극해서 오히려 좋기만 했다.

한산한 지하철 안.

PDA를 손에 쥔 인호가 환율을 확인한다.

[오늘의 환율 : 1,311원/달러]

환율이 또 올랐다.

이제 계속 환율은 오를 것이고, 아시아 시장에 있던 자금들이 미국으로 흘러 들어갈 것이다.

'그때부터가 쇼타임이 되겠군!'

역외 선물환이 터지면 연쇄적으로 자금을 밀어 넣어 단숨에 그 기세를 끌어올릴 생각이다.

아마 그때가 된다면 아성철강 역시 이선증권에게 꽤 쓸만한 투자자료를 제공하게 될 것이다.

"최 과장님!"

"아이고, 임 대리님!"

"이제 님 자는 빼 주시죠!"

"에헤이, 그래도 그러면 쓰나요!"

지하철 메이트인 임 대리는 이따금씩 새벽녘에 같이 회사로 향한다.

요즘 그는 영어공부를 한다고 회사 근처에 있는 영어학원 새벽반을 다니고 있다.

단순히 스펙을 쌓기 위함이 아닌 자기계발을 위한 엄청난 열정이었다.

"이것 좀 한번 읽어 보시겠어요?"

인호는 '스위칭 기술'이라는 제목의 해외 트레이딩 기술서적을 꺼내어 임 대리에게 내민다.

임 대리는 책을 보자마자 눈을 끔뻑끔뻑하며 고개를 갸웃거린다.

"…이게 뭔가요? 영어로 되어 있어서 정말 하나도 모르겠네."

"스위칭 기술이라는 트레이딩 기법서입니다. 이 책에는 어떻게 하면 투자에 필요한 아이디어를 얻고 그걸 적용할 수 있는지 자세히 나와 있어요."

"음! 정말 좋은 책이네요!"

인호는 대학 시절에 감명 깊게 읽었던 이 책을 임 대리에게 주려고 온 집안을 다 뒤져서 찾아냈다.

요즘에는 한글로 번역된 책도 많지만, 인호는 굳이 영어

원서를 권한다.

투자에 대한 '느낌' 때문이다.

"주식시장에선 스위칭이 전략의 근간이 되는 때가 많거든요. 이를테면 달러의 가치가 떨어질 때는 한국시장의 주식을 산다든지, 한국의 주가가 떨어지면 달러의 선물환 패시브 펀드를 산다든지. 그런 반비례 형식의 양극 투자가 가능하죠."

임 대리에게 새로운 패러다임을 제시하자 그의 눈이 휘둥그레졌다.

"아하! 지금은 환시장이 격변기이니 환투자에 대해 알려 주시려는 겁니까?"

"그런 건 아니고요. 아이디어의 폭을 넓히라는 뜻입니다. 이를테면 응용전략이라든지 파생전략 같은 거요."

"아…!"

"투자에도 아이디어가 필요해요. 그걸 알려 주고 싶은 겁니다."

근시안적인 사람은 투자에서 성공하기 힘들다.

시장의 수많은 요소들은 언제나 비례하기에, 그 변곡점을 이해하고 휘두를 수 있다면 투자에서 실패할 확률이 낮아지는 것이다.

"…역시! 싸부님의 혜안에 감탄했습니다!"

"이제 그럼 배운 것을 실습해 볼까요? PDA에는 메모 기능도 있어요. 여기에 스위칭 전략으로 사용할 만한 아이디어를 메모해 두었다가 실제로 한번 투자해 보세요!"

"스위칭…!"

"아 참, 그리고 번역을 해서 읽을 때 최선을 다하셔야 합니다. 제가 영어 원서로 이걸 사 온 이유가 거기에 있거든요!"

미국의 투자 마인드를 제대로 배우려면 번역본보다는 원서를 읽는 것이 훨씬 도움이 된다.

인호는 이 기회에 임 대리가 그런 마인드를 가졌으면 하는 것이었다.

"1년이 걸리든 10년이 걸리든, 반드시 해내겠습니다!"

"하하, 그래요! 파이팅입니다!"

저런 열정이야말로 임 대리의 최대 장점이 아닐까.

따르르르릉!

사방팔방에서 전화가 미친 듯이 울려 댄다.

베트남에서 채취한 모래가 한국으로 들어오는 날이기에 통화량이 평소보다 거의 다섯 배 이상은 많은 것 같았다.

"네, 아성철강입니다! 아, 모래요! 잠시만요, 담당자가 지금 통화 중이라서…."

"…지금 그만큼 많은 양을 출하하는 건 불가능하다니까요?"

"담당자를 10분 후에 바꿔 드릴 테니 그쪽과 얘기하시는 것이…."

전화통에 불이 날 것만 같았다.

오늘 오후를 기점으로 서해안 일대의 모든 강사 및 해사 채취지역에 전면 셧다운을 선언한 것이었다.

그야말로 철통과 같은 잠금이었다.

―…평당 1만2천 원을 드릴게요.

"흠! 그건 좀 곤란하겠는데요? 지금도 1만3천 원을 준다는 사람들이 줄을 서서요!"

―그럼 우리가 천원 더 드리겠습니다!

원래 모래 가격은 평당 1만 원 선에 거래되고 있었다. 하나 서해안 일대 사구지역 전체에 채취금지령이 떨어지면서 불과 일주일 만에 평당 1만3천 원에 거래되고 있다.

"물량이 얼마나 필요하신데요?"

―5만 평 정도면 될 것 같네요.

"아이고, 그 많은 물량을 당장 어떻게 구합니까? 세 번 나눠서 지급하는 것이라면 계약 가능할 것 같습니다만?"

―…알겠습니다. 그럼 그렇게 하자고요. 일단 그럼 모래는 구해 주실 수 있다는 얘기죠?

"네, 물론이죠!"

한 번에 많은 물량을 다 팔아넘기면 곤란하다.

최대한 천천히, 최소한의 물량만 시장에 풀어 내면서 서서히 약을 올릴 필요가 있다.

수화기를 한 손으로 막은 인호가 주 대리와 김 대리에게 외친다.

"계약서 준비해야 할 것 같은데요!"

"알겠어! 일단 그럼 전화 이쪽으로 넘기고 다른 영업 전화부터 좀 받아!"

굼벵이처럼 굼뜨던 영업팀은 그 어느 때보다도 빠르고 기민하게 움직이고 있었다.

팀장이 빠릿빠릿하게 움직이니 그 영향이 대리들에게까지 전염된 것이었다.

"네, 전화 받았습니다!"

-모래 좀 구합시다! 얼른!

전화를 넘겨받자마자 모래 얘기부터 나온다.

회심의 미소를 짓는 인호.

"그럼 가격협상부터 좀 해 보시죠!"

그날 오후.

오늘 하루 동안 들어온 모래의 주문량을 계산해 보았다.

"600억…?"

"이게 말이 되나? 무슨 모래 주문이 이렇게까지 많이 들어와?"

대리들은 계산기를 두드리고 또 두드려 보았지만, 계산

이 틀릴 리가 없었다.

그나마 이것도 인호가 최대한 공급물량을 조이고 또 조였기 때문에 가능한 일이었다.

"맨땅에서 600억! 괜찮은 장사 아닙니까?"

"…장난해? 이게 괜찮은 정도면, 대박이면 얼마나 대단하다는 건데?"

"흐흐! 통이 작으시네요! 최소 1,000억은 되어야 대박이라고 할 만하죠!"

"나 참, 그런 건수가 대체 어디 있어? 말도 안 되는 소리!"

지금까지 인호가 보여 준 것만으로도 충분히 기적이라 할 만했다.

하나 앞으로 인호가 보여 줄 매직은 아직 시작조차 하지 않았는데 벌써부터 놀라면 곤란하다.

"혹시 자갈 관련 제안서 온 거 없었습니까?"

"자갈? 아! 맞아, 신도시 개발현장에서 자갈을 많이 필요로 할 것 같던데, 그쪽에 연락 좀 해 볼까?"

"음…, 일단 지켜보시죠! 아직 자갈까지 판매한다는 얘기는 안 했으니까요."

현재로선 자갈을 싱가포르에만 매각하고 있지만, 사실상 골재의 수급 사정이 안 좋은 쪽은 오히려 한국이었다.

소문만 돈다면 당장이라도 전화가 빗발칠 것이다.

"그보다는 물류라인부터 좀 손봐야 할 것 같아."

"물류요…?"

"이상하게 물류라인이 자꾸 막혀. 예전에 IMF사태 직전에 매입한 장비고 뭐고 잔뜩 있는데도 말이야."

이러면 곤란하다. 당장 물류가 순환되어 적재된 물량을 빠르게 소비해 줘야 하는데, 체화현상이 빚어지면 동맥경화가 발생할 수도 있다.

"제가 직접 점검하고 오겠습니다!"

다음 날 아침.

아성철강의 자체 물류라인을 점검하기 위해 인호가 직접 센터로 향한다.

"아이고, 최 과장님! 말씀 많이 들었습니다!"

"요즘 물류라인이 자주 막힌다던데, 점검차 나왔습니다."

사장의 사위, 이 회사의 에이스라는 소문이 이미 파다하게 퍼졌기에 물류센터의 센터장도 인호 앞에선 일단 고개를 숙인다.

체크리스트를 만들어 물류센터를 둘러보는 인호.

"아이고, 아직도 크레인 기사가 도착 안 하면 어쩌자는 거야?!"

"지금 지게차 기사가 출근하다가 넘어져서 팔꿈치가 부

러졌다는데요?!"

"스페어 기사는!"

"그게…."

"…아이고, 두야!"

트레일러는 모여 있는데 정작 물건을 옮겨 줄 사람들이 움직이지를 않는다.

옆에서 얘기를 들어 보면 뭐, 이런저런 얘기가 많던데, 사실 체계가 잘 갖춰져 있지 않은 느낌이 더 강했다.

시스템이 정비되어 있지 않다는 뜻이다.

그 현장을 바라보며 생각에 잠기는 인호.

'이러니 문제가 되지!'

아성철강은 청천시 철강조합의 리더 역할을 해왔기에, 자기 역량을 벗어난 물류라인을 가동할 수밖에는 없었다.

지역의 철강제품을 한 곳으로 모아 정기적으로 출하해야 하는데, 그 집하장을 아성철강이 굴리고 있었던 것이다.

그 때문에 전문 물류회사가 아님에도 불구하고 자체 배송기사가 있고, 야적장의 크기도 상당히 넓은 편이다.

다만 문제는 중장비와 물류설비를 제대로 갖추지 못해서 100% 자체배송이 불가능하다는 엄청난 단점이 있었다.

'이게 바로 시스템의 부재가 만들어 낸 맹점이겠지!'

가장 큰 문제이자 시급하게 보완해야 할 점은 바로 이것이었다.

배송을 외주로 돌리든, 100% 자체배송이 가능한 물류회사 시스템을 구축하든. 결국 둘 중 하나는 해 줘야 한다는 뜻이다.

"센터장님! 제가 지게차 몰게요!"

"어…? 최 과장이 지게차를 몰 줄 알아?"

"네, 그럼요! 자격증도 있는데요?"

국제상사에 다녔던 인호는 현장에서 필요한 기술들을 그때그때 필요할 때마다 습득해서 자신의 것으로 만들어 놓았다.

그 덕분에 30년 넘는 전생의 회사생활 동안에 그 기술들을 빠르게 숙달해서 어지간한 기사들 뺨치는 실력을 갖게 되었다.

"자, 그럼 1호 차부터 시작합니다!"

크레인으로 옮겨야 하는 물품 빼고 일단 정렬되어 있는 철근부터 차근차근 옮기기 시작했다.

그나마 대형 지게차가 한 대 있어서 망정이지, 그렇지 않았으면 아예 손을 쓸 수 없었을지도 모른다.

능숙하게 지게차를 다루는 인호.

"오…, 쌓는 모습이 꽤 느낌 있는데?"

"균형이 제법 잘 맞는데요?"

"저 친구, 원래 뭐 하던 친구라고 했지?"

"영업사원 아니었어요?"

"그랬나?"

물류업자라고 해도 믿을 정도로 아주 능숙하게 현장을 이끌어 나가는 인호.

그런 그에게 쏟아지는 경탄은 어쩌면 당연한 것인지도 몰랐다.

인호가 나서서 어찌어찌 아침 물량은 소화되었다.

"이게 마무리죠?!"

"아이고, 고마워서 어쩌나? 최 과장, 정말 고마워요!"

"조만간 본사에 물류대책 회의를 건의할 생각입니다. 센터장님도 지금까지 마음에 담아 두었던 것들이 많으시죠? 이참에 모조리 풀어 버리세요!"

"…그래도 되나?"

"네, 그럼요! 총대는 제가 멥니다!"

칼질 없이 바뀌는 건 아무것도 없다.

기왕지사 바뀔 것이라면, 현장에서 고생하는 사람들의 마음부터 다독여야 한다.

'변혁을 일으켜야 해!'

"작은 사장?"

-주변에서 그렇게 부른다던데?

"어머, 진짜요?"

설화는 아버지 생신 때문에 전화했다는 김 비서와 이런

저런 얘기를 나누다가 남편에 대한 얘기를 들었다.

보통 아들에게나 붙여 주는 별명을 남편이 갖고 있었다니.

"우리 남편이 원래 좀 반장님 같은 스타일이긴 하죠!"

-반장 정도가 아니라니까? 완전 사장님 그 자체라고.

"어머, 정말요?"

김 비서는 설화가 어려서부터 봐 온 사람이기에 누구보다 잘 안다고 확신할 수 있다.

그런 그녀가 누군가를 이렇게 칭찬하는 건 지금까지 한 번도 본 적이 없었다.

'수옥 언니가 원래 칭찬에 엄청 인색한 스타일인데, 남편이 마음에 들었나 봐! 어떡해!'

남편이 주변에서도 인정을 받는다니, 어쩐지 어깨가 으쓱거리는 것 같다.

-사장님께서는 경영혁신본부라는 것을 만들어서 맡겨 보면 어떨까 한다던데, 최인호 과장이 받아들일지 의문이긴 해.

"음…, 우리 남편이 요즘 지나치게 바쁜 건 또 질색해 하긴 해요! 밤늦게 들어오는 건 어지간하면 잘 안 하려고 하고."

-저번에 그렇게 말하긴 하더라고. 나는 회사보단 가정이 우선이라던가?

요 몇 달 사이 남편이 꽤 많이 변하긴 했다.

좀처럼 가족과 떨어지려 하지 않는다든가, 집에서 잘 나가지 않으려고 한다든가.

과거에는 실적에 목숨을 걸더니 이제는 그러지도 않는 것 같았다.

'투자로 돈을 많이 벌어서 그런가? 음, 보통은 투자로 벼락부자가 되면 허튼짓을 하고 그런다던데!'

벼락부자가 되었어도 남편은 가정으로 들어오려 더욱 애를 쓰는 느낌이다.

그런 경향이 돈을 벌면 벌수록 더 강해지는 거 같았다.

-어쩌면 사장님을 보고 뭔가 많이 느끼는 바가 있었는지도 모르지.

"아…!"

-사장님이 아무리 가정적이었다고 해도, 사업에 거의 모든 것 바쳤었잖아.

아버지는 사업가이고 청천시에서 모르는 사람이 없는 마당발이었다.

하나 젊은 시절을 그렇게 보내고 중년이 되자마자 아내를 잃고 그 모든 것이 물거품이 될 뻔했었다.

어쩌면 아버지의 젊은 시절에 만들어 낸 후회라는 그림자가 남편에게도 영향을 주고 있는지도 몰랐다.

-어쨌거나 나는 최인호 과장의 의견을 존중해. 사람은 저마다 소중한 것이 있기 마련이니까.

"음…."

―아무튼, 사장님 생신은 어떻게 챙길 거야? 내가 도와줄 일이 있을까?

"아니에요! 이번에는 제가 챙겨 드려야죠! 그동안 언니가 많이 고생했을 텐데."

―고생은 무슨. 내 생일 때마다 사장님이 그렇게 챙겨 주시는데, 나라고 가만히 있을 수 있나?

김 비서는 참 괜찮은 사람이다.

그 오랜 세월을 함께하면서도 단 한 번도 아버지를 등한시한 적이 없었다.

그야말로 의리의 여자, 멋진 여성이었다.

"정말… 정말 고마워요!"

―갑자기 그러니까 기분이 좀 이상해지네? 아무튼 그럼 올해는 내 개인적인 선물만 준비해 놓을게.

"네! 알겠어요. 언니는 그냥 파티에만 와 주세요!"

―알겠어. 그날 스케줄 비워 둘게.

만약 혈육 말고 가장 가까운 사람을 꼽으라면 아마 주저 없이 김수옥을 얘기할 것이다.

그만큼 그녀는 정말로 고마운 사람이다.

―이번에 회계사 수습 시작했다면서? 축하해.

"뭘요! 그저 작은 사무소에 들어가서 일하는 것뿐인데."

―그래도 그게 아버지에게는 큰 힘이 될 거야. 경력단절

에서 살아난 딸이라니, 얼마나 좋겠어?

"아…, 그런가?"

−최인호 과장이 승승장구하는 것도 좋은데, 아버지랑도 잘 지내 봐. 요 며칠 전에는 같이 사업 얘기도 했다면서.

"네, 뭐… 아직 구체화된 사업시안도 안 나온 초기단계이긴 하지만요."

−거기서부터 시작하는 거야.

주변에서 부녀관계를 많이 응원하고 있다는 것이 피부로 느껴진다.

그녀는 생각한다.

'내가 더 노력해야 해!'

깊어진 골짜기만큼이나 공허해져 버린 부녀관계를 회복하는 것에는 분명 스스로의 노력도 필요할 것이다.

조만간 기회를 한번 만들어 보기로 했다.

[…미국 철강협회 일제 파업 시사]

[아시아의 철근, 미 시장에서 드디어 문제를 일으키나…]

[철강 메이저 미국, 수지악화로 재벌가문 계열 분리 시도…]

이른 아침, 지하철에서 내려 가판대에 놓인 신문을 스치듯 본 인호.

조간신문의 헤드라인에는 다소 아슬아슬한 소식들이 대문짝만하게 실려 있었다.

그 내용 또한 심상치가 않아 보인다.

'저것 봐! 철강산업 수지가 얼마나 개떡이면 천하의 미국 철강 재벌들이 계열 분리를 하겠냐고!'

대단한 사건임에는 틀림이 없었다.

잘못하면 아성철강의 매출이 반타작이 날 수도 있는 일이지만, 인호에게는 호재였다.

그것도 보통 호재가 아닌 떡상의 기회라고 볼 수 있었다.

아침에 회사에 일찍 나가 관련 자료들을 정리하기 시작하는 인호.

조만간 이 호재를 잘 써먹으려면 정리하는 습관을 들여야 한다.

그와 함께 물류관리시스템을 정비하기 위해 사장에게 건의서를 제출하려는 인호.

따르르르릉!

바로 그 직전에 전화가 걸려 왔다.

"네, 아성철강 영업팀입니다!"

-나야, 유현이!

태림상사의 조유현이었다.

반갑게 인사를 건네는 인호.

"잘 지내지?"

-나 이번에 과장으로 승진했다!

"와우! 인사고과 한번 화끈한데?"

-네 덕에 큰 거 한 건 했잖냐! 정말 고맙다!

"고맙긴!"

목소리에서 뭔가 홀가분해하는 감정이 물씬 느껴진다. 뭔가 어깨를 짓누르던 압박에서 벗어난 모양이었다.

-내가 다음에 거하게 한잔 살게!

"큭큭, 그래, 기대하고 있을게."

-아무튼 그건 그렇고, 소식 몇 개 전해 주려고 전화한 거야.

"뭔데?"

-중국 가오샨 건설에서 철근 가격 재인하를 요청하고 있어.

"애초에 철근 가격을 제법 인하한 상태로 출하한 건데?"

-인하를 해 주면 재계약을 고려해 보겠대.

오퍼로서 무역을 진행해 주는 조유현에게 가오샨 건설은 넌지시 철근값 좀 깎을 수 있느냐고 운을 뗀 것이다.

절로 고개를 끄덕이는 인호.

'써 보니 좋은 거지. 그런데 가격이 조금 부담이 되는 거고!'

아성철강의 철근은 설비를 바꾸면서 장력도 제법 괜찮고 가격도 나쁜 편은 아니었다. 하지만 대규모 공사를 진행하는 입장에서 본다면 약간 아쉬운 메리트였다.

"톤당 28만5천 원에 1년 계약이면 생각해 보겠다고 전해 줘!"

―5천 원 빼 주겠다는 거네?

"그렇게 해서 1년 계약이면 가오샨 건설도 어느 정도는 만족할걸?"

지금 아성철강 입장에선 그렇게까지 아쉬울 것은 없었다.

이미 인도차이나반도 진출만으로도 제2 공장을 지어야 할 정도였으니까.

아마 가오샨 건설도 그걸 잘 알고 있을 터였다.

―그나저나 지금 철근값이 31만 원까지 올라갔다는데, 거기서 5천 원이나 더 깎아 줘도 되는 거야?

"그거야 카르텔들이 철근값을 쥐고 흔드니까 그런 거고! 이제 곧 후려치기도 끝물일걸?"

―요즘 국내 건설경기가 그렇게 호황인데, 후려치기가 정말 끝이 날까?

유현의 말처럼 최근 한국 건설경기는 아파트 가격 상승을 중심으로 가파르게 성장하고 있다.

그러나 그것은 국제 철근 시세에 변동을 줄 정도의 호재는 아니었다.

"일본이 미국에서 반덤핑 판정받은 건 알고 있지?"

―그쪽 사람들이야 허구한 날 덤핑으로 얻어터지는 게 일상이잖아. 90년대 초부터 그래왔으니까 이젠 새삼스러울

것도 없어.

"그렇지! 새삼스러울 것도 없긴 해. 하지만 과연 미국이 일본에게만 꼰티를 부리는 걸까?"

-…음?

"미국이랑 유럽이 각자 세이프가드를 발동시키려 한다는 얘기가 있어."

수입물량을 제한하고 자국의 사업을 보호하겠다는 강력한 의지.

그것이 바로 세이프가드다.

지금 이 시점에서 미국에 철근을 수출할 경우, 덤핑판정을 받아 관세폭탄을 맞게 된다.

가격이 낮든 높든 그건 상관이 없다. 철근이라는 이름만 붙으면 무조건 관세장벽에 부딪혀 회항해야 하는 것이다.

-하긴! 지금의 미국이라면 그렇게 하고도 남겠네.

"지금 분위기가 그래. 그런데 한국에서 철근값으로 장난을 쳐? 밥 벌어먹고 살기 싫다는 말밖에는 더 되겠어?"

-그렇지만 국내제조업체들의 물량조절에는 강제성이 없잖아. 그 사람들이 생산량을 감소시키면 끝나는 문제 아닌가?

인호는 회심의 미소를 짓는다.

"안 그럴 수도 있다는 게 문제지!"

-음…?

"아무튼 철근 가격은 더 이상 안 올라. 최소한 경기지역에서는 말이지!"

"경찰입니다. 불법밀수 및 무역사기 공조 등의 혐의로 긴급 체포하겠습니다. 변호사를 선임할 수 있으며, 묵비권을 행사할 수 있습니다."
"…아니, 잠깐만요! 이건 뭔가 착오가 있는 것 같은데요?"
"자세한 얘기는 서로 가서 하시죠. 끌고 가!"
인천본부 세관 산하 청천세관에서 수입P/L 심사, 관리대상 화물 선별 업무를 맡고 있던 계장 추보현이 무역사기 공조 혐의로 형사들에게 체포되었다.
그 모습을 바라보는 청천세관의 분위기는 그야말로 흉흉하기 그지없었다.
"…내부고발에 걸려서 저러는 거라는데, 대체 누가 고자질을 한 거야?"
"쉿! 고자질이라니, 말조심해! 잘못하면 바로 감방행이라니까?"
"죽어라 일해서 이제 막 6급으로 승진했는데, 고자질 때문에…. 이건 좀 너무하지 않나?"
"에헤이, 입조심 하라니까…!"
관리과 동료들은 사무실 구석에서 업무를 처리하고 있던

정민우를 바라본다.

"계장 자리가 비었으니 누구는 밀어내기로 자동 승진하겠는데?"

"나 참, 행시 출신도 아니면서 이건 뭐…."

정민우를 바라보는 눈빛들은 곱지 않다.

9급으로 임용되어 6년 만에 7급으로 승진, 나름대로 순혈이라고 주장하는 행시 출신들의 눈에는 그저 '쩌리'로밖에 보이지 않는 것이었다.

한데 그 쩌리가 아내를 잘 만나 승승장구하더니 본부세관 전체 실적 1등을 차지하게 되었으니 눈빛이 고울 리가 없다.

게다가 실적 순, 연차 순으로 하면 우연찮게도 계장 자리는 정민우에게 돌아가게 될 것이었다.

"미리 축하드려요, 계장님!"

"실적 순으로 밀어내기 하는 건 세관 전통인데, 뭘 그런 걸로 사람을 푸시하고 그래? 다들 한가한가 보지?"

"솔직히 말해 봐. 내부고발, 자기가 한 거지. 그치?"

"…미친 거 아니야? 내가 돌았다고 고자질을 해? 당신들이랑 나랑 같은 족속인 줄 알아?"

"아무리 생각해 봐도 추 계장님이 끌려 들어가는 건 이해가 안 간단 말이지."

도대체가 말이 안 통한다는 듯, 자리를 털고 일어서는 정민우.

"됐고, 다들 카르텔 조사나 잘 해 봐. 요즘 경기 북부에서 돼지고깃값 올린다고 설치는 새끼들이 천지라잖아."

"아이고, 없는 놈들한테 양념도 쳐 주시고! 이거 너무 감사해서 어쩝니까!"

"…알려 줘도 지랄! 싫으면 됐고."

이제 곧 본청 조사국 승진심사가 시작될 것이다. 아주 작은 실적 하나에도 목숨을 걸어야 할 때이기에 정보제공은 동료들끼리도 잘 안 해 주는 일이었다.

한데 선심까지 쓰는 정민우가 대단해 보이긴 해도, 그 행동이 고까운 건 어쩔 수 없었다.

'그 새끼들, 눈치 한번 존나 빠르네.'

여기저기 눈치만 보다가 사무실에서 나온 정민우.

그는 가슴을 쓸어내리며 청천 시가지로 향했다.

그러면서 전화를 거는 정민우.

"마담, 나야."

-어머, 정 계장님!

"계장은 무슨! 아직 승진도 안 됐구만."

-본청에서 인사발령 낼 준비만 하고 있다던데. 뭘 그렇게 내외를 하고 그러세요?

"하하, 그건 그렇지!"

단골 술집 마담은 정민우를 본청 수뇌부와 연결시켜 주

었고, 운이 좋아 괜찮은 줄을 잡게 되었다.
 이제 그는 위로 올라가는 일만 남았다.
 -오늘 오시려고요?
 "아니, 그건 아니고. 뭐 하나만 부탁하려고."
 -뭔데요?
 "외국에서 사업하는 사람 있으면 좀 소개시켜 줘."

제7장
물류 혁신

"흠…, 그러니까 자네의 말인즉슨 물류의 근간부터 정리해야 한다는 거잖아?"

"지금처럼 걸핏하면 동맥경화나 걸려선 절대로 주문을 소화할 수 없을 겁니다!"

장인의 고개가 절로 끄덕여지는 순간이었다.

지금까지 유통구조 개선을 위해서 무던히도 노력해 왔으나 아성철강은 매번 출하 시즌만 되면 골머리를 앓기 일쑤였다.

"그저 덮어놓고 지나가기엔 무리가 있긴 하지."

"이참에 물류전문가를 초빙해서 구조를 혁신하고 현장인력들의 의견을 적극 수용하는 것이 마땅하다고 봅니다!"

"물류가 혁신되어야 해외 진출도 수월할 테니…. 자네

말이 아주 틀린 건 아니군."

"감사합니다!"

"그런데 문제는 돈이야. 혁신도 돈이 있어야 할 거 아닌가?"

그렇다. 모든 일에는 돈이 들어간다.

일본에서 아무리 좋은 장비를 들여온다고 해도 그걸 굴릴 돈이 없으면 신제품은 탄생하지 못한다.

물류, 유통도 역시 마찬가지였다.

"모래로 번 돈은 해외공장 설립에 쓸 거고, 올해 회사 잉여자금이라든지 유보금은 일본의 철강회사를 인수하는 데 쓸 거고. 결국 우리 회사에 남는 자금은 없다는 소리 아닌가."

자금사정이 아주 빡빡해졌다.

역설적이지만, 기업이 한창 앞으로 쭉쭉 치고 나갈 때에는 항상 자금이 부족하기 마련이다.

이럴 때를 대비해서 인호가 만들어 둔 비상금마련대책이 있었다.

바로 투자라는 것.

"이선증권 투자은행 부서와 손잡고 시카고상품시장에서 파생상품을 굴릴 수 있게 되지 않았습니까? 물류혁신을 위한 부서통합 이후, 그쪽으로 사업자면허를 취득할 수 있도록 하면 게임 끝입니다!"

"결국에는 투기에 뛰어들자는 소리인가?"

"투기라기보다는 싸게 사서 정상적으로 팔자는 얘기입니다!"

"…싸게 사서 정가에 팔아? 원자재를 말이야?"

"우리가 아는 공사장만 몇 개입니까? 당장 청천시만 해도 원자재 가격이 자꾸 오른다고 다들 난리인데, 이 틈을 타서 우리가 현물 인도 조건으로 파생상품을 구매해서 단가를 후려칠 수 있다면 어떻게 되겠습니까!"

"유통규모를… 늘릴 수 있게 되겠군."

"네, 바로 그겁니다! 일석이조!"

물류혁신의 관건은 규모와 짜임새다.

시스템을 정비하고 사람을 꽉 채우는 것도 중요하지만, 회사에 일감을 가져다주는 것이야말로 핵심 중의 핵심이다.

"…기획의 짜임새는 항상 좋단 말이지."

"중요한 건 그걸 실행할 수 있는 능력이겠죠!"

"그렇다는 건 자네가 그걸 실행할 수 있다는 뜻이겠지?"

"물론입니다!"

"흠…!"

"딱 2개월만 믿고 써 주십쇼! 그럼 혁신은 자동적으로 끝나 있을 거고, 유통 부문은 엄청나게 성장해 있을 겁니다!"

그게 뭐든, 자리를 잡는 게 중요한 법이다.

장인은 인호를 믿기로 했다.

"좋아, 이번 프로젝트는 자네가 맡아."

"감사합니다!"

"얼마 안 있으면 신입사원들이랑 경력직들이 대거 유입될 거야. 그때에 맞춰서 시작하도록 하지."

"오…! 인력충원! 잊지 않고 계셨군요?"

"자네가 건의한 거잖아."

무뚝뚝하지만 챙겨 줄 건 다 챙겨 주신다.

인호는 너무 유난 떨지 않는 장인의 이런 면이 참으로 좋았다.

"장인어른! 제가 존경의 의미로 헬스장 루틴을 하나 더 추가해 드려도 될까요!"

"…제발 그만 좀 해. 이러다 곧 죽겠어."

"원래 헬스라는 게 소중한 만큼 그 사람을 신경 써서 굴리는 겁니다!"

"아니, 이제 그만 좀 소중히 해."

"흐흐흐!"

장인이 오래도록 건강하게 살았으면 좋겠다.

지금 인호가 장인에게 바라는 건 그것뿐이다.

'그래! 그동안 열심히 사셨으니 즐길 때도 됐지!'

"최 과장! 밥 먹었어?"

장인에게 보고서를 올리고 나오는데 누군가 인호를 부른다.

오 과장이었다.

"아! 과장님! 아직 식전입니다!"

"그럼 점심이나 같이 먹을까?"

"네! 그러시죠."

새벽부터 업무가 시작되기에 12시 무렵엔 거의 뱃가죽이 등에 달라붙을 정도이다.

그걸 잘 알기에 주변에서도 인호를 신경 써 주고 있었다.

점심을 먹으러 구내식당으로 가는 길.

"그…."

"네? 말씀하십쇼!"

"…아니야, 아무것도."

무슨 할 말이 있는 것 같지만 좀처럼 입을 열지는 않는다.

식당으로 내려오니 오늘 점심으로 삼계탕이 끓여져 있었다.

"오! 몸보신 야르!"

"있잖아…."

"네! 무슨 일이신데요?"

"…삼계탕 맛있겠다! 그치?"

"뭐, 그렇긴 하겠네요."

"요즘 청천시에 자금이 잘 안 돌아서 구내식당 퀄리티가 별로라던데. 우리 회사는 참 이런 면에서 좋아! 그치?"

철강업계가 어려워진 게 어제 오늘의 일이던가.

대체 무슨 말을 하고 싶어서 저러는 것인지 모르겠다.

"그…."

"……?"

"…아파트 공사단가가 많이 올랐다던데, 우리도 재미 좀 볼 수 있는 건가?"

"네, 뭐, 지금도 재미는 엄청나게 보고 있죠. 조만간 석재까지 팔아먹을 수 있게 되면, 돈 버는 거야 식은 죽 먹기 아니겠습니까?"

"…그러게 말이야."

원래 이렇게까지 말을 빙빙 돌리는 스타일은 아닌데.

지금 나오는 말들이야 업무시간에 잠깐 해 줘도 되는데, 왜 이러는 것인지 모르겠다.

인호는 아까부터 똥 마려운 강아지마냥 안절부절못하는 오 과장의 옆구리를 쿡 찔렀다.

"이제 말해 보세요. 대체 무슨 일인데 그러십니까?"

"응…?"

"아까부터 무슨 말을 하고 싶어서 뜸을 들이는 겁니까?"

"…티 났어?"

"무슨 일이 있어도 앞으로 연기는 절대 하지 마세요. 티 너무 납니다!"

"끙."

그제야 오 과장은 쓰게 웃으며 할 말이 있다는 걸 인정한다.

정말 어렵게 입을 여는 오 과장.

"…하, 내가 이런 말을 해도 되는 건가 싶은데 말이야. 나, 이번에 접대 리베이트 정리했어."

"오! 정말요?"

"자네 덕분에 성과급 빵빵하게 나오지, 보너스에 이것저것 나오는 게 많아서 굳이 리베이트까진 받을 필요 없겠더라고."

오 과장도 이젠 정말 사람이 돼 가는 것일까.

참으로 반가운 일이 아닐 수 없었다.

"내가 리베이트 대신에 유흥가 마담들이랑 정보교환 계약을 맺었거든? 물론 구두로 맺은 거지만."

"오호…! 좋은 전략인데요?"

"자네가 그랬지? 남들이 모르는 정보가 돈이 된다고. 그래서 생각해 낸 게 바로 이거야. 내 천직을 살리는 거."

생각보다 짜임새 있는 전략이었다.

자고로 송충이는 솔잎을 먹고 살아야 한다는데, 이것이야말로 오 과장에게 딱 맞는 정보 수집책이 아닐 수 없다.

"그런데 내가 계약을 맺자마자 정보를 하나 물었는데 말이야. 관세청 국장급 인사랑 청천은행 국장급 인사가 배꼽을 맞추고 있는 것 같더란 말이지!"

"…음?"

"그런데 제일 쇼킹한 건 이거야. 청천세관 정민우 과장 그 인간이 국장들에게 금괴를 가져다 바치더란 말이지!"

속으로 깜짝 놀라는 인호.

청천세관의 정민우. 그러니까 아성철강의 둘째 사위가 관세청 국장급 인사와 놀아나는 것쯤이야 그리 놀랄 일도 아니었다.

한데 그 정보를 술집에서, 그것도 현장을 잡아냈다는 것은 보통의 일이 아니었다.

"어때? 이 정도면 처음 건진 정보치곤 나쁘지 않지? 그치!"

"좋네요! 아주 좋습니다!"

"흐흐, 기분 좋다니까? 이제야 천직을 찾은 느낌이랄까?!"

"좋은데, 한 가지만 좀 명심하시면 될 것 같습니다."

"음? 뭔데?"

"정보를 유용했을 때, 과연 술집의 마담들이 타격을 입지는 않을까, 그걸 생각해 보셔야 할 것 같습니다."

"아! 제보자의 신변보호!"

"아무리 리베이트를 포기하면서까지 정보를 수집한다고 해도, 과연 마담들이 자기들 손님 털리는 것까지 좋아할까요?"

"…오, 정말 그렇네?"

정치질은 최소한 구멍을 두 개 이상 파 놓고 해야 하는 법이다. 이렇게 단편적으로 생각하면 나중에 화를 입기 딱 좋다.

"자, 이렇게 하시죠! 마담들과의 친밀도를 높이고 조금 더 농밀한 정보를 캐낼 수 있도록 하는 겁니다."

"오…? 그런 방법이 있어?"

"네! 그럼요! 마담들의 목숨을 한 번씩 살려 주는 겁니다."

"……!"

이제 곧 인호가 뿌린 떡밥이 결실을 거둘 것이다.

그럼 공정위와 경찰이 알아서 움직여 줄 테고, 마담에겐 목숨을 살려 주었다는 인식만 심어 주면 된다.

'슬슬 칼춤이 벌어질 때가 됐지!'

"…이거 진짜 너무하는 거 아닙니까? 안 그래도 건축비 올라서 죽겠구만."

"조사를 할 만하니까 하는 겁니다."

공정위원회 서울사무소에서는 최근 경기 서부의 건설업

자들을 대상으로 공정거래법 위반 사례를 조사 중이었다.

이들에게 적용되는 조사범위는 철근을 비롯한 각종 골조, 골재의 거래내역을 추적해 불법 담합을 찾아낸다는 것이었다.

"얼마 전부터 미국 수출도 하나둘씩 막아 버리는 바람에 힘들어 죽을 것 같구만, 자꾸 이러면 우리는 진짜 먹고살기 팍팍합니다!"

"알아요. 그러니까 이러는 겁니다. 시장을 진정시켜야 여러분들도 숨통이 좀 트일 거 아닙니까?"

이제 곧 카르텔이 시장을 흔들 것이다.

미국의 철강노조가 파업을 시작하게 되면 본격적인 금수조치가 내려질 텐데, 그때 가서 카르텔을 잡으면 늦는다.

'놈들보다 한발 앞서야 해.'

절치부심으로 수사를 이어 나가는 그녀.

따르르르릉!

핸드폰이 울린다.

"네, 공정위 서울사무소 윤설희 과장입니다."

-언니! 나야, 둘째.

"어? 설림아!"

반가운 동생의 목소리, 동생 윤설림이었다.

안 그래도 요즘 막내와만 친하게 지내서 둘째에게 미안하던 참인데, 이렇게라도 전화가 걸려 오니 한편으론 마음이 놓이기도 한다.

-언니, 지금 어디야?

"나? 지금…."

-인천이지?

"그걸 어떻게 알았어?"

-…늦지 않아서 다행이네. 지금 당장 나랑 같이 인천 서부로 가자!

"응? 갑자기 인천 서부는 왜 찾아?"

-언니, 지금 카르텔 조사 중 아니야?

"뭐, 그렇긴 한데. 인천 서부에는 왜 가자는 거야?"

-TWK에서 계좌추적에 협조해 줬거든!

"…어? 그건 외교부에서도 해결 못 하던 일 아니었어?"

-해결됐어.

"역시 넌 뚝심이 있구나!"

동생은 어려서부터 한 뚝심 하는 아이였다.

그런 뚝심이 있기에 경찰청 에이스가 될 수 있었을 것이다.

하나 이번 일은 그런 뚝심과는 상관이 없다.

-내가 해결한 거 아니야. 아성철강 해외수출담당자가 해결한 거지.

"…뭐?"

여기서 뜬금없이 제부 얘기가 나오다니, 의외라서 고개

가 절로 갸웃거려지게 된다.

동생이 해 주는 얘기는 너무 뜻밖이었다.

―내가 얼마 전부터 인천에서 몰래 철근을 해외로 빼돌린 뒤 염가에 수입해 오는 악성 카르텔을 조사 중이었거든?

"밀수업자를 쫓고 있었단 말이야?"

―응! 이 새끼들이 얼마나 용의주도하냐면, 해외에 법인까지 설립하고 철근 가지고 설왕설래하면서 물량을 조절했단 말이지!

"…음!"

―우리가 사람은 잡았는데, 황당하게도 물증을 못 잡은 거야. 이 새끼들에게 혐의는 있는데 결정적인 증거가 없었단 말이지.

"설마… 그 증거를 최인호 대리가 찾아 줬단 말이야?"

―응! 그렇다니까? 내가 TWK한테 까인 것만 벌써 열 번이 넘거든? 그런데 최인호 씨, 아니 제부라는 사람이 프로젝트 파이낸싱을 계약하면서 정보공유를 요청했다는 거야.

"…경찰이 요청했는데도 안 주던 자료를 받아냈다고?"

―계약관계를 형성하는 데 있어서 뭔가 믿음이 필요하다고 압박했던 모양이야!

"어머…."

정말이지 겪으면 겪을수록 대단한 사람이다.

이 정도면 외교부 대신에 전면에서 뛰어도 될 정도의 수

완이었다.

─이 정도면 공정위에서도 칼 빼 들기 좋겠지?

"음."

칼춤을 춰 주기에 딱 좋은 타이밍이긴 하다.

하나 그녀는 제부가 말없이 정보만 탁 던져 준 것에는 다 이유가 있다고 생각한다.

"타이밍을 조금만 더 지켜볼까?"

─지금보다 더 좋은 타이밍이 있을까?

"있지, 그럼."

─오…?

"이제 곧 미국 철강업계가 움직일 거야. 그때가 우리에겐 공략 타이밍이 되겠지!"

다시 돌아온 월요일 아침.

"과장님!"

"아이고, 임 대리님!"

"좋은 아침입니다!"

차 없이 지하철을 타고 다닌 지 벌써 몇 개월이던가.

그동안 임 대리와 지하철에서 많은 대화를 나누고, 많은 정보를 공유했다.

이제 임 대리도 투자에 대해서 어느 정도는 이해를 하고 있는 편이었다.

"어제 물류 관련 주식을 매입해서 가지고 있다가 전량 매도했어요."

"음! 그래요? 어떤 근거가 있었습니까?"

"메콩강 개발 기조를 보면서 한 가지 아이디어를 떠올렸죠. 강을 개발한다는 건, 다시 말해 내륙운항에 조금 더 힘을 실어 주기 위함이라고 말입니다."

"오…!"

솔직히 이 부분에서는 인호도 살짝 놀랄 수밖에는 없었다.

최근 해상운임이 저조해지기 시작했고, 물류회사들의 순이익이 40% 가까이 감소한 상황이었다.

이런 순익하락이 생겨난 것은 국제물류운송 부분에서 해상운송의 수요가 떨어졌고, 국제물류량이 이전보다 많이 줄었기 때문이다.

다만 단 한 곳의 수요는 꾸준히 늘어나는 중이었다.

바로 중국.

"최근에 인도차이나반도에서 중국으로 들어가는 육상물류가 폭발적으로 늘어나고 있다더라고요? 그래서 생각해 봤죠. 메콩강을 타면 중국까지 물류비를 꽤 많이 아낄 수 있지 않을까?"

"그런데 그 생각이 적중한 거네요?"

"네! 그런 셈이죠. 그래서 석유며 달러며 여러 가지에 투자했더니 성과가 제법 잘 나왔네요!"

　PDA 화면을 보여 주는 임 대리.

[총액 : 360,450,000원(KR/W)]

[손익 : +36.95%▲]

　"오…! 청출어람이네요! 이야, 이젠 뭐, 투자담당을 하셔도 될 정도인데요?"

　"에이! 아직 멀었죠! 그래도 한 10년은 해 봐야 제대로 감이 잡히지 않을까 싶은데요."

　괄목상대할 정도의 성장이었다.

　이 정도의 감각이라면 투자전문가로 나서도 될 수준이다.

　'싹수가 좀 남다르긴 하네!'

　임 대리의 재발견이랄까. 그는 단순히 촉만 좋은 게 아니라 감각까지 타고난 사람이었다.

　대체 앞으로 어떤 모습으로 발전하게 될지 궁금해진다.

　"아 참, 과장님은 요즘 어때요? 투자는 잘 되세요?"

　"후후, 저요?"

　이제 곧 만기가 되는 계약들이 많다.

　그 수익만 해도 최소 한화로 수십억.

　인호는 슬그머니 미소를 짓는다.

"오늘 환율이 얼마죠?"

"1,300원이 조금 넘은 걸로 압니다."

"그럼 투자는 잘되고 있는 거네요!"

두 사람의 투자는 그야말로 순항 중이었다.

지하철에서 내려 가판대 앞을 지나가는 임 대리와 인호.

임 대리는 습관처럼 영자로 된 비즈니스 신문을 구입했다.

"신문 한 부…."

"한 부 드려요?"

"…헉!"

신문을 손에 쥔 임 대리.

그의 손이 덜덜덜 떨려 오기 시작한다.

대체 무슨 일인가 싶어서 신문을 훑어보는 인호.

'…드디어 올 게 왔군!'

철강업계의 근간을 뒤흔들 희대의 사건이 벌어진 것이다.

"대표님!"

"음…? 아침부터 무슨 소란이야?"

문을 벌컥 열고 들어온 김 비서.

이른 아침, 업무를 처리하고 있던 윤황석의 얼굴이 약간 찡그려졌다.

어딘지 모르게 다급해 보이는 그녀의 얼굴.

아무래도 뭔가 큰일이 난 게 분명했다.

"무슨 일이야? 김 비서답지 않게 흥분을 다 하고."

"…미국에서 세이프가드를 발동했습니다."

"뭐?!"

"미국 철강협회가 어제 파업을 공식화하는 바람에 상무부에서 세이프가드로 급한 불을 끈 모양입니다."

"젠장…! 강도는 어느 정도야?"

"완전 금수조치입니다. 이제 철강제품은 미국으로 들어갈 수 없습니다. 미국을 통과하는 순간, 관세폭탄입니다."

단순한 세이프가드가 아니었다.

기업 생태계를 살리겠다는 상무부의 절치부심이었다.

"…파업은 미끼야. 그동안 쌓인 경상수지 적자를 해결하기 위한 꼼수랄까."

"그 꼼수가 제대로 한 건 했습니다. 지금 일본에서 중국을 상대로 덤핑을 준비 중이라고 하는데, 어쩌면 좋을지…."

"덤핑…? 물량이 얼마나 되는데?"

"회수물량 전부 중국으로 조준한다고 합니다."

"……!"

사상 초유의 사태다.

지금까지 미국 철강시장을 압박했을 정도로 막대한 물

량을 쏟아냈던 일본이 뱃머리를 돌려 동북아시아를 겨냥한 것이다.

"…당장 과장들 모이라고 해. 긴급사태야!"

"…미국에서 계류 중이던 일본의 철근 선박들이 중국으로 발길을 돌렸답니다!"

"기어이 일이 이렇게 되고 마는군."

철근시장의 상황을 살피는 장인의 눈에 근심이 한가득이다.

일본은 한국, 대만을 포함해 아시아에서 가장 고품질의 철근을 만들어 납품하는 국가이다.

고베, 오사카에서 만들어지는 철근은 지금까지 미국의 주류 철근으로 불려 왔었는데, 그것이 최근 염가로 풀리면서 전 세계의 모든 국가들이 초긴장 상태를 유지하고 있다.

만약 수출물량의 절반 이상이나 되는 일본의 철근이 중국으로 유입되기 시작한다면 시장은 뒤집히고 말 것이다.

"오 과장."

"네, 사장님!"

"다른 회사들은 어쩌고 있어?"

"감산 쪽으로 방향을 트는 모양입니다."

"…뭐, 감산?"

수출길이 막히면 재고가 쌓일 테니 감산정책을 펼친다고

해도 이상할 것은 없다.

하나 지금은 건자재 수요의 성수기이다.

"너무 섣부른 거 아닌가? 철근생산을 줄인 건 확인했나?"

"네, 확실히 절반 이하로 줄이고 있다는 것을 유선으로 확인했습니다."

감산이 능사는 아니다.

아니, 잘못하면 재고부족의 역풍을 맞을 수도 있는 일이다.

'새끼들, 짱구 굴리긴!'

아마 철근 카르텔들은 미국에서 수입을 막는다는 악재 한 번에 감산의 좋은 핑곗거리를 찾았다고 좋아하고 있을 것이다.

그들이 바라는 게 바로 그 재고부족의 역풍이었으니까.

"최인호 과장."

"넵!"

"자네의 생각은 어때? 우리도 이대로 감산에 들어가야 하는 건가?"

회심의 미소를 짓는 인호.

지금이 바로 아성철강에게는 절호의 기회였다.

"우선은 청천시에서 판매되는 철근을 대량 구매하는 게 중요합니다!"

"…뭐? 철근을 구매해? 어째서?"

"지금이 철근 가격이 떨어질 아주 좋은 기회이니까요!"

아성철강 만큼은 아니더라도 청천시에서 유통되는 철근의 품질은 우수하다.

그것을 인도차이나에 저렴하게 공급할 수 있다면, 제2공장을 짓기 전까지 건자재 수요를 어떻게든 맞춰 낼 수 있을 것이다.

"그렇게 수요를 생성시키는 빅 이벤트를 열어서 철근 재고를 회전시켜 주는 겁니다!"

"…재고회전을 유도해 업계의 경색부터 막자는 거야?"

"우리가 해외에 납품 중인 철근의 가격을 29만 원으로 동결하여 대현차그룹에 공급하고, 경기 남부에서 시행되는 공사에 공급한다면 업계는 안정되고 재고문제도 해결됩니다!"

"그건 담합행위 아니야?"

"이는 엄연한 담합행위이지만, 공정거래법에 위반되지는 않는 사안이죠. 시장가격보다 낮춰서 건설경기를 안정화하겠다는 의지가 담겨 있기 때문입니다!"

"음…!"

위기를 기회로 만들겠다는 인호의 굳은 의지는 사장을 비롯한 모든 관리직이 무릎을 탁 치게 만들었다.

하나 이건 시작에 불과할 뿐이다.

인호는 이참에 회사의 이익도 챙기고 인천 철근 카르텔을 역사에서 아예 삭제할 생각이다.

'이 새끼들, 시작부터 철근값으로 장난을 쳐? 올해는 아주 스펙터클한 한 해가 될 거다!'

쾅!

인천의 건자재 유통 기업 '성한기업'의 대표이사 집무실 문이 거칠게 열렸다.

성한기업의 대표이사 고윤주가 날카롭게 반응한다.

"…뭐야?"

"청천시의 철강회사들이 재고털이를 시작했답니다!"

50대 중반, 아버지에게서 물려받은 가업을 지금까지 이어 오면서 사업을 두 배 이상으로 불린 여장군.

그런 철혈여제의 얼굴에도 격심한 파동이 일었다.

"미친, 그게 무슨 말이야? 어떤 또라이 새끼가 지금 이 시점에 철근을 매입하겠다는 건데!"

"아성철강입니다."

"…이 새끼들이 고소압박을 그렇게 받고도 아직 정신을 못 차렸나?"

경기도 철강연합의 주축이었던 성한기업은 굳건했던 경기도의 철강산업을 사분오열시키는 데 심혈을 기울였고, 지금의 결과를 만들어 낼 수 있었다.

하나 뜻밖에도 경기 남부의 철근 카르텔이 박살 나면서 성한기업의 큰 그림도 서서히 힘을 잃는 중이었다.

"그래 봤자 지들이 카르텔을 이길 수 있어? 우리 쪽에선 지금 감산절차에 돌입했지?"

"생산물량을 1/3가량 줄이겠다고 결의했습니다."

"뛰어 봤자 벼룩이지. 윤황석이 아무리 날고 기어 봤자 어차피 중소기업 하나야."

인천, 경기 서부의 공사 건에 대한 건자재 유통은 성한기업을 중심으로 이뤄진 카르텔이 꽉 잡고 있었다.

담합으로 압박하면 싸움에서 승리하는 건 당연한 일이었다.

"인천에 있는 물건들, 전부 대만으로 옮겨."

"저번에도 대만으로 많은 물량을 돌린 적이 있어서…."

"무슨 남자가 그렇게 새가슴이야? 이러려고 우리가 세관에 뿌린 돈이 얼마인데."

"그렇기는 합니다만."

"청천은행에서도 충분히 밀어주겠다고 했으니까, 걱정하지 마."

"그럼 이틀 내로 재고물량을 대만으로 보내겠습니다."

"후후, 그나저나 윤황석 이 인간 말이야. 자기 사위가 뒤통수를 찍었다는 걸 알면 대체 기분이 어떨까?"

생각만으로도 짜릿했다.

운 좋게도 승진에 눈이 돌아가 버린 윤황석의 둘째 사위를 만나 잘 구슬렸더니, 이런 엄청난 그림을 그려 주지 않았던가.

무엇보다 재미있는 것은, 같잖은 윤 씨의 목을 자기 식구가 비틀어 버렸다는 점이었다.

"그건 그렇고, 골재유통 쪽은 지금 어때? 아직도 물량을 못 구해서 난리야?"

"이번에 강사채취가 전부 막혀 버려서 물건을 구할래야 구할 수가 없습니다."

"젠장…, 어떻게 올린 점유율인데."

철근시장은 알아서 점유율이 올라가 주고 있는데 다른 쪽이 문제였다.

골조만을 취급했던 성한기업이 건자재 유통으로 본격적인 사업을 확장하면서 새로운 카르텔을 구성했는데, 요즘 골재 부분에서 재고유입이 전혀 이루어지지 않고 있었다.

"차선책은 없어?"

"베트남 쪽에서 모래를 퍼 오는 건 가능합니다만 그것도 이미 선점한 사람이 있습니다."

"…선점? 그게 선점하고 싶다고 선점이 되는 건가?"

"아성철강이 베트남 남부에서 이미 모래를 퍼서 한국에 유통하고 있다는데요."

순간 고윤주는 자신의 귀를 의심했다.

"뭐…? 철강회사가 무슨 모래를 퍼 나른다는 거야?"

"그 집 막내 사위가 절묘하게 부동산을 매입해서 프로젝트 파이낸싱까지 받아 내 개발하고 있답니다. 그 위치가 바로 메콩강 하류이고요."

"…사위? 그 집에 사위가 또 있어?"

"종합상사에 다녔던 사위가 있는데, 실력이 기가 막히다는군요."

"…젠장!"

하필이면 철근으로 엮인 아성철강에서 모래를 선점했을 줄이야.

고윤주가 고민에 빠져든다.

"음…."

"어떻게 할까요?"

고민은 하지만 깊이 하지는 않는 그녀.

오래 생각할 것도 없이 하던 대로 하면 된다고 확신한 것이다.

"지금 당장 고소 건수 하나 더 만들어서 아성철강 압박해."

"예…? 추가고소를요?"

"어떤 건수를 잡아서라도 고소해. 우선 내용증명 보내서 돈줄부터 막아."

"계약을 꼬아 버리자는 말씀이십니까?"

"돈줄 막히면 알아서 우리를 찾아오게 되어 있어. 두고 봐, 아주 손이 발이 되게 빌게 될 테니까."

제2 공장 설립을 위한 사업기획서를 작성 중인 인호.
"수고하십니다!"
"아이고, 최 과장님!"
아침부터 특수강 파트를 방문했다.
제2 공장 설립 전에 대현차그룹에 납품할 강판의 강도 및 연성을 눈으로 확인하려는 것이다.
'설비를 새로 들여와도 기술력이 따라 줘야지. 아무리 특허를 가져온다고 해도 자체적인 기술력이 없으면 무용지물이야!'
공장 한쪽에 마련된 연구소에서 한창 강판에 대한 연구가 진행 중이다.
인호는 연구소 안으로 들어가 상황을 살핀다.

"연구는 잘되십니까?"

"뭐, 아직까지는 그럭저럭?"

"스테인리스강 코팅제품 수요가 제일 많은 것으로 아는데, 그 부분은 어떻습니까?"

"미추홀제철이 원하는 포뮬라대로 스테인리스강 코팅을 해도 도금 완성도가 그리 높지 않다는 게 문제야."

결국에는 품질이 문제다.

한때 아성철강 역시 밀려드는 주문을 완수하기 위해서 특수강 하청을 받아 밸류체인의 상위단계까지 뛰어넘은 적이 있었는데, 결과론적으로는 기술퇴보로 인해 원하는 만큼의 성과를 얻지 못했다.

'기술의 퇴보, 결국 인재가 별로 없다는 거야!'

설비도, 돈도, 시스템도 아니었다. 결국 문제는 기업의 질적인 상향화를 위한 인재가 부족하다는 것이었다.

아무리 돈을 쏟아부어도 기업이 늙으면 아무것도 할 수 없다.

그저 속 빈 강정이 될 뿐이다.

"신입사원이라든지 연구원들은 아직 못 뽑았나요?"

"일단 인사팀에서 공고는 냈는데, 특수강 쪽에선 좀처럼 인재가 안 모이네. 이 신소재라는 분야가 워낙 인기가 없어놔서 말이지."

장인이 아무리 공채를 하고 경력사원을 모집해도 연구원

을 끌어오는 건 쉽지가 않았다.

게다가 문제는 관련 분야의 학생들을 찾아내는 것조차 어렵다는 것.

2000년대 초반까지만 해도 신소재 공학이라는 것은 그다지 인기가 있는 분야가 아니었다. 워낙 비인기 종목인지라 관련 직종에 종사하겠다는 신입사원을 뽑는 것도 녹록지가 않았다.

"인근 대학에 직접 공고를 내 보는 건 어떨까요?"

"에이, 서울, 경기권 대학을 졸업한 친구들이 뭐하러 청천시의 중소기업까지 찾아와? 안 그래?"

경기도 남부라곤 하지만, 결국 청천시도 수도 서울과 거리가 있는 지방도시이다. 그런 지방의 중소기업에 인 서울 대학생들이 찾아올 리가 없다는 게 현실이었다.

그러나 만약 대현차그룹이 연계되기 시작하면 얘기는 달라진다.

"제가 이번 대만 입찰 끝나면 모교에 모집공고를 넣고 오겠습니다. 필요한 인력이 있다면 요청서에 기입해 주십쇼!"

"공고를 넣는다고 뭐가 되겠어?"

"그거야 해 보면 알겠죠?"

대현차그룹과의 인도차이나반도 공략이 아마 좋은 결과로 돌아올 것이다.

하루 종일 바쁘게 공장을 돌아다니다가 겨우 사무실로 돌아온 인호.

따르르릉!

전화가 울린다.

"네, 아성철강 최인호입니다!"

―아! 마침 자리에 있었구나. 나야, 김주승!

"선배님, 충성!"

―그래그래!

"잘 지내셨습니까?"

―그럼! 나야 잘 지냈지.

전화를 건 사람은 법무법인 하진의 김주승 EP였다.

그는 덤덤한 말투로 안 좋은 소식을 전한다.

―경기 서부 철강협회라는 곳에서 내용증명을 보내 왔어.

"…내용증명이요?"

―지난번 고소고발 건이 아직도 진행 중인데, 이번에는 아주 작정하고 후속타를 날렸나 봐.

"흠!"

수화기 너머로 들리는 김주승의 말투에서 약간의 피로감이 묻어났다.

인천의 카르텔로 추정되는 철강협회에서 아성철강에게 고소의 내용증명을 벌써 두 번째 보낸 것이었다.

―내가 지금 팩스로 내용증명을 보내 줄게. 잠시만.

"넵!"

김주승은 대답이 끝나기가 무섭게 아성철강 영업팀으로 팩스를 보냈다.

제법 길게 뽑혀 나오는 팩스.

그 내용을 살펴보자면 이러했다.

"그러니까… 우리가 미추홀제철과의 담합으로 투기를 조장했고, 이번에는 담합입찰로 납품 건수를 날로 먹었다, 이거잖아요?"

-국내 입찰을 벌써 몇 건이나 독식했잖아? 그에 대한 의혹을 제기한 거고, 아무래도 공정거래법위반 사례가 점점 늘어 가니 검찰도 가만히 있기는 애매한 상황을 만들려는 것 같아.

"날로 먹는다라!"

황당하기 그지없는 소리였다.

경쟁입찰에서 담합을 하는 행위야 철근 카르텔이 워낙에 많이 보여 줘서 익숙하지만, 그걸 아성철강에게 뒤집어씌우려고 하다니.

그저 기가 막힐 노릇이었다.

'하, 새끼들! 귀엽네?'

어차피 공개처형을 하려던 차에 선빵까지 쳐 주니, 이 얼마나 반가운 일인지 모르겠다.

인호는 이참에 아주 지옥을 맛보여 주기로 했다.

-어떻게 할까? 맞고소로 가는 방법도 있고, 소명자료를 편집해서 보내는 방법도 있고.

"괜찮습니다! 일단 준비만 해 주시고, 나머지는 제가 깔끔하게 정리하겠습니다!"

-뭔가 뾰족한 수가 있나 보지?

"네, 그럼요!"

언제 어디에서나 인호는 항상 방법을 찾는다.

서류가방을 챙겨서 사장실로 올라간 인호.

"…뭘 어쩌겠다고?"

"건설용 골재에 대한 공공입찰 연동제를 시행하자는 겁니다!"

장인은 지금 대체 무슨 말을 들은 것인지 이해가 안 된다는 듯이 고개를 갸웃거린다.

"정부에서 매입하는 골재는 평균단가보다 가격이 낮아. 그런데 왜 굳이 거기에 애써 채취한 모래를 퍼붓자는 건가?"

"아무리 평균단가보다 낮아도 우리가 첫 삽을 떴을 때보다야 압도적으로 많이 받을 수 있겠죠! 안 그렇습니까?"

"…음, 뭐 그건 그렇긴 하지."

"그리고 이제 곧 싱가포르와 가격협상이 이뤄질 겁니다. 그때가 된다면 반드시 국내 가격 얘기가 나올 텐데, 그때 우리가 싱가포르에 할 말도 있어야 할 것 아닙니까?"

싱가포르는 철근을 수출해야 할 대상이다. 골재는 그야말로 떡밥에 불과한 만큼, 한국과 싱가포르 양국에 할 말을 최대한 만들어 두는 것이 상책이다.

장인도 그 부분에 대해서는 동조를 하는 분위기였다.

"그건 자네 말이 맞기는 한데, 왜 굳이 지금 당장 연동제까지 시행하자는 건지 모르겠군."

"지금 이 시점이야말로 카르텔을 밟아 줄 절호의 찬스 아니겠습니까!"

"…카르텔?"

"카르텔의 구린 구석을 이곳저곳 찔러 대 빈틈을 만들어 놓고, 공정위에 그 뒤통수를 칠 기회를 주는 겁니다. 생각해 보십쇼. 이 얼마나 좋은 타이밍입니까!"

한국은 연에 한 번 이상은 공공입찰을 통해 건자재를 비축한다.

한데 만약 외국에서 들여오는 골재에 공공입찰 가격과의 연동을 설정한다면 수입건자재의 가격이 떨어질 수밖에는 없다.

여기서 카르텔의 맹점이 드러나게 된다.

"…자기들이 가진 건자재의 가격이 떨어지니 입찰을 포기하게 되겠군."

"네, 바로 그겁니다! 하지만 함부로 포기할 수도 없죠.

왜냐? 우리 말고는 현재 대량의 모래를 유입할 수 있는 사람은 없으니까요!"

지금보다 건자재 가격을 올리기 좋은 시기도 없다. 그런데 아성철강이 아예 골재의 판을 뒤집어 버린다면 카르텔은 막대한 타격을 입게 된다.

그때가 피니쉬 타이밍이다.

"듣자 하니 인천세관이랑 청천은행이 짜고 인천계 카르텔의 해외시장 불법 재고 축적을 돕고 있는 것 같더라고요?"

"…건자재의 시장가격을 올리려고?"

"네! 재고조절을 하고 있는 거죠!"

인천계 카르텔은 아마도 자신들이 이 판을 가지고 놀고 있다 생각할 것이다.

하나 그건 엄청난 착각에 불과하다.

인호는 그들의 일거수일투족에 대해 이미 다 꿰뚫고 있었다.

'모를 수가 있나? 나는 미래에서 온 사람인데!'

저들의 유일한 패착이라면, 최인호라는 사람을 간과했다는 점이랄까.

장인은 인호의 수에 힘을 실어 주기로 했다.

"그래, 한번 해봐!"

그날 오후 산업자원부 산하 자원산업정책국을 찾아간 인호.

그는 이곳에서 광물지원과장 김율도를 만날 수 있었다.

"…어떻게 찾아오셨다고요?"

"아, 네! 베트남에서…."

"어이, 미스 킴! 이따가 회식 메뉴가 뭐라고 했지?"

아직도 직장 내에서 미스 킴을 찾는 사람이 있을 줄이야.

인호를 대하는 태도에서부터 매너리즘이 확 느껴지는 것이, 전체적으로 사람 대하는 태도가 영 별로였다.

하나 이제 그 태도를 확 고쳐 줄 것이다.

"해외에서 골재를 수입하고 있습니다!"

"골재? 모래나 자갈 같은 거요?"

"요즘 국내시장에서 골재가 거의 품귀 수준으로 모자라던데, 공공입찰에서도 많은 양을 가져오지는 못하신다고요?"

"…뭐, 그렇긴 하죠. 사람 약 올리려고 찾아오셨습니까?"

"에이, 그럴 리가!"

김율도에게 베트남 해사, 강사를 공공입찰 연동 형식으로 한국에 들여오겠다는 기획서를 건네는 인호.

아무리 매너리즘에 푹 빠져 있는 사람이라고 해도 발등에 떨어진 불똥을 끄려면 어쩔 수 없이 움직여야 할 것이다.

대충 기획서를 훑어보는 김율도.

"…어?"

그러다가 다시 페이지를 역으로 넘겨서 내용을 두 번이나 정독한다.

회심의 미소를 짓는 인호.

"골재를 한국에 엄청나게 가져다 놓겠다는 겁니다!"

"허…, 도대체 왜요?"

"나라에 보탬이 되고 싶다는 거죠!"

"…흠."

"다만 한 가지 바라는 게 있다면 말입니다!"

역시 그럴 줄 알았다는 듯, 인호를 바라보는 김율도.

뭔가 대단한 것이 나올 것 같다는 표정이다.

"그럼 그렇지! 원하는 게 뭔데요?"

"해외자원개발 지원 대상자로 지정해 주셨으면 하는데요!"

"…해외자원개발? 지원 대상자로 지정되어도 딱히 뭐 없을 텐데?"

아직 산자부 내에서 계류 중인 프로젝트이지만, 해외 유전개발에서 힌트를 얻은 자원개발지원 정책이라는 것이 있다.

한때 해외자원개발을 활성화 시키겠다고 만들었지만, 그야말로 유명무실한 상태이다.

하나 이것이 인호에게는 비장의 카드가 될 수도 있다.

"꼭 뭐가 있어야만 하나요? 해외자원개발이면 국가대표인데, 명함 하나 파 놓으면 얼마나 가슴이 웅장해지겠습니까!"

"웅장해질 것도 많네요. 뭐, 그럼 그렇게 합시다. 미스킴! 가서 해외자원개발 지원 대상자 등록서류 좀 가져와! 올 때 직인도 미리 좀 찍어 오고!"

정말 별것 아닌 것 같은 증명이다.

하나 이것이 있고 없고의 차이는 싱가포르와의 협상에서 나타날 것이다.

'짜식아, 국가대표인증이라니까? 뭘 모르네!'

"…뭘 어째?"

"베트남에서 생산되는 건자재를 공공입찰 가격과 연동하겠답니다. 이제 모래를 받으려면 공공입찰과 같은 가격을 주는 것은 물론이고 공공입찰 등록까지 해야 합니다."

이런 황당한 전략을 쓰는 인간이 있다니.

대체 최인호라는 저놈은 뭔데 고소 고발을 그렇게 당하고도 눈 하나 깜짝하지 않는 것일까?

"이 새끼, 진짜 강심장인가 본데…?"

"아무래도 골재 쪽은 포기를 해야 할 모양입니다."

가만히 생각에 잠기는 고윤주.

하나 그녀는 그리 오래 생각에 빠져 있지 않았다.

"괜찮아, 이럴 줄 알고 고소를 여러 개 걸어 놓았으니까."

"고소 이슈는 아성철강에게는 큰 타격이 되지 않는다는 결과가 이미 도출된 상태 아닙니까?"

"물론 그렇겠지. 하지만 생각해 봐. 자국에서의 소송 건수가 일정수준 이상이라면, 과연 인도차이나반도에서 살아남을 수 있을까? 그게 신용이랑 직결되는 사안일 텐데 말이야."

"아직 결판도 나지 않은 재판 아닙니까. 그런데 서류심사에서 부적격을 받을까요?"

"결판이 나지 않았으니까 부적격을 받지. 재판에서 이길지 질지, 저 사람들이 어떻게 알겠어?"

"아…!"

"그나마 베트남 모래판을 휘어잡은 건 그럭저럭 괜찮은 한 수였다고 생각되긴 하는데, 끽해야 몇백억이야. 그 돈으로 과연 뭘 할 수 있겠어. 안 그래?"

최인호라는 인간이 아무리 날고뛴다고 해도 고윤주는 자신의 상대가 되지 못한다고 생각했다. 최소 세 수 앞은 바라봐야 이길 수 있는 판에서 최인호는 자기 앞가림을 하기에도 벅찰 것이라는 느낌이 든 것이었다.

"뭐가 어찌 되었건 간에 이건 우리의 승리야."

그녀는 자신의 승리를 확신했다.

정말로 천지개벽이 일어나지 않는 한, 그녀는 자신이 이길 것이라 굳게 믿고 있었다.

똑똑!

바로 그때, 천지개벽의 징조가 보이기 시작했다.

"사장님, 잠깐 나와 보셔야겠는데요?"

"무슨 일인데?"

"청천은행에서 사람이 찾아왔습니다."

"…뭐?"

대놓고 접선하지 말자는 밀약이 있었던 청천은행.

그곳에서 사람이 찾아오다니.

왠지 목덜미가 싸해지는 느낌이 든다.

"…이 새끼들이 미쳤나."

"입찰 연동제를 실시하자마자 대만에서 재고를 빼 오다니요. 미친 정도가 거의 안드로메다급 아닙니까?"

해외개발 골재 수입에 대한 가격을 공공입찰에 연동하자, 드디어 TWK가 공개했던 계좌내역에 변동이 생기기 시작했다.

설림은 이때가 절호의 찬스라는 것을 느꼈다.

'다른 건 몰라도 중상모략 하나는 정말 끝내주는 사람이네.'

아무리 상대방이 강하게 푸시를 해 온다고 해도, 중상모략의 상수를 아는 사람이 버티고 있다면 백전불태다.

최인호라는 사람이 딱 그런 느낌이었다.

곧바로 설희에게 전화를 거는 설림.

"언니, 잡았어…!"

-그럼 우리가 정식으로 계좌추적 의뢰할 테니까 내역서 뽑아서 팩스로 보내 줘. 곧바로 조사영장 받아서 인천으로 갈게.

"오케이!"

공정위가 조사를 시작하면 밑바닥까지 탈탈 털어 끝장을 볼 수 있다.

평상시라면 몰라도 정식 조사가 시작되면 저승사자도 피해갈 수 없는 곳이 바로 공정위 아니던가.

'그래, 이제야 알겠네.'

대체 언니가 어째서 최인호라는 사람을 신뢰하게 되었는지 궁금했었는데, 그 내막에는 이런 사정이 숨어 있는 것이었다.

만약 이 실력만큼이나 사람의 됨됨이까지 완벽했다면, 언니와 아버지가 인정했다고 해도 이상할 것이 없었다.

'…궁금해지네, 대체 어떤 사람인지.'

같은 ROTC 출신이라는 것만 빼면 공통분모가 전혀 없기에 제부라는 사람이 대체 어떤 인물인지 알 길이 없었다.

하나 이제 최소한 한 가지는 확실해졌다.

저렇게 중상모략에 능한 사람이 오로지 한 여자만을 위해 그 어떤 굴욕도 감내했다면, 최소한 인간이 쓰레기는 아니라는 점이었다.

'술이라도 한잔…. 음, 아니야, 끝나고 생각하자!'

뭐가 어찌 되었든 간에 지금은 사건이 우선이다.

따르르르릉!

설림의 책상 위의 전화가 울린다.

"네, 청천경찰서 경제범죄수사팀입니다."

-안녕하십니까? 금감원 자본시장조사국 특별조사과인데요.

"금감원이요? 금감원에서 어쩐 일로?"

-별일은 아니고요. 이번에 해외 골재개발사업자가 공공입찰 연동제를 실시하겠다고 해서, 지금까지 골재를 받아 썼던 전원에 대한 입찰기록을 조사하게 되어서 말입니다.

"음…?"

너무나도 뜻밖의 카드였다.

공공입찰이 바로 지금 시행되었다곤 해도 지금까지 골재를 받아 썼던 사람들의 정보는 기록해야 한다.

사설입찰과 공공입찰은 관리하는 방법부터가 다른 바, 이런 까다로운 절차가 이행될 때가 있다.

'애초에 인천계 카르텔이 빠져나갈 구멍 자체가 없었던

거네!'

 입찰은 담합으로 먹기 쉬운 구조이다. 그나마 공공입찰은 투명성을 기하기 때문에 내부담합이 어렵다. 그래서 가격 맞추기 식 담합으로 입찰을 날로 먹곤 하는데, 만약 골재 제공의 주체가 최인호라면 담합은 불가능하다.

 거기에 공공입찰 연동까지 걸어 놨으니 이중트랩을 설치한 셈이다.

 ―아무튼, 그래서 청천세관 관련 자료를 받아야 하는데, 이게 관할 서의 협조가 필요한 사항이라더라고요?

 "…청천세관이요?"

 ―모래가 세관을 통해 들어오니까요.

 카르텔에 세관까지 한 방에 엮겠다는 계획이다.

 만약 세관에서 일말의 흠집이라도 발견된다면 재판은 보나마나 카르텔의 패소. 심지어 공정위와 금감원의 조사까지 받아야 한다. 그 재판과정에서 신빙성은 거의 제로가 될 게 분명하기에 지금 걸린 재판까지 한 방에 격파가 가능하다.

 '전쟁으로 따지면 제갈량 수준인데?'

 실로 무서운 사람이다.

 작은 사건 하나 터뜨리는 줄 알았더니, 아예 줄줄이 소시지처럼 엮어 일망타진을 하겠다고 판을 짜 놓은 것이다.

 '…내가 대체 어떤 사람이랑 척을 지고 살았던 거야?'

"모래를 사겠다는 사람이 1/3로 줄었다던데, 이래도 괜찮은 건가?"

공공입찰 연동제를 시작하자마자 고객이 우수수 떨어져 나갔다.

하나 인호는 전혀 상관없다는 듯, 웃으며 일관한다.

"네, 그럼요! 어차피 해외시장에 재고나 쌓으려던 쓰레기들이 떨어져 나간 건데요."

"음, 뭐, 그렇긴 하겠군."

만약 전생의 인호에게 대의와 매출 둘 중에 하나를 선택하라면, 가차 없이 매출을 선택했을 것이다.

하나 이제는 아니었다.

'매출? 돈이야 어디서든 벌 수 있어. 하지만 대의를 실현하는 일은 다 때가 있는 법이지!'

지금 카르텔을 조져 놔야 아성철강이 성장하는 밑거름을 만들어 줄 수 있다.

이제 인호는 그 타이밍을 잡기 위해서라면 못 할 것이 없었다.

"아 참, 그건 그렇고, 설화랑 사업 얘기는 좀 해 보셨어요?"

"우선은 긍정적으로 검토 중인데, 일단은 이번 건물부터 완공시키고 생각해 보기로 했네."

"아하! 그러셨구나."

굳이 설화에게는 사정을 묻지 않았다. 괜히 남편이 나서서 이러쿵저러쿵 말을 하면 자신의 주관대로 일을 끌고 나가지 못할 것 같기 때문이었다.

'아내의 일은 아내에게!'

인호는 그저 진득하게 서포트를 할 뿐, 전면에 나서는 일은 하지 않기로 했다.

"건물은 이제 2개월 뒤에 완공된다는군. 이번에 공공입찰 연동제 도입하기 전에 거의 공짜로 건자재를 가져다줘서 공사비가 20% 정도는 빠졌을 거라고 하더라고?"

"아! 그것밖에 안 빠졌습니까?"

"이 사람아, 그 정도면 많이 빠진 거지."

"하하, 그런가요?"

"자네도 참 대단하네그려. 어떻게 마누라 공사장이 돌아가기 직전에 공공입찰 연동을 딱 걸어서 공사비를 동결시킬 수가 있어?"

이 또한 인호의 전략 중의 하나였다.

지금까지는 건자재의 가격이 유통과정에 따라 다소 등락이 있었고, 매석꾼들에 의해 좌우되는 경우가 많았다.

하나 이번에는 인호가 완벽하게 입찰가격을 딱 정해 버리는 바람에 공사비가 획일화된 것이다.

"뭐, 이게 얼마나 갈지는 모르겠습니다만 그래도 이 바닥이 깔끔하니 보기 좋잖습니까?"

"자네 와이프가 다른 업자들보다 훨씬 싸게 건물을 지어 팔 수 있게 만들어서 좋은 게 아니고?"

"좋은 게 좋은 거 아니겠습니까!"

이건 편법도 아니고 불법도 아니다. 그저 아내를 외조하겠다는 인호의 굳은 의지가 만들어 낸 나비효과일 뿐이다.

"아무튼 간에 공공입찰이랑 연동한다는 자네 아이디어 덕분에 지금 청천은행이랑 청천세관에는 난리가 났다더군."

"후후, 그럼요! 그러라고 한 계획인데."

"그럼 이제 자네의 계획은 한 발자국 더 나아가겠군."

"안 그래도 이선증권을 찾아가려던 참입니다!"

이제 피라미들 엮을 구멍도 파 놓았겠다, 선물시장에서 본격적으로 재미를 볼 차례이다.

"이번엔 또 무슨 사고를 치려고?"

"하핫, 사고도 좋은 사고는 치면 칠수록 좋은 법 아니겠습니까!"

이선증권 이대한 부장이 웃으며 인호를 바라본다.

그런 그에게 인호는 이번 선물옵션 매입 종목에 대해 설명했다.

"구리, 니켈 옵션을 좀 사려고 하는데 말입니다!"

"구리와 니켈이라. 자동차 강판에 사용되는 합금재료들

아니야?"

"네! 역시 선배님이십니다!"

구리는 안 쓰이는 산업을 찾기가 더 힘들 정도로 광범위하게 팔리는 광물이다. 니켈 또한 스테인리스강의 주요 소재로 쓰이면서 그 몸값이 높은 편이다.

이 두 가지의 광물을 얼마나 싸게 들여오느냐가 자동차 강판 생산의 관건이라 할 수 있을 것이다.

"옵션으로 매입단가 낮춰서 한국으로 수입하려는 계획인 것 같은데, 굳이 그렇게 할 이유가 있어? 지금도 가격은 충분히 낮은 상태인데."

"뭐랄까요, 빌드업을 쌓는달까요?"

"빌드업이라니, 무엇을 위해서 말이야?"

"더 큰 그림을 그려 보는 겁니다! 아성철강이 원자재를 조금 더 수월하게 수급할 수 있는 체력을 기른다고나 할까요?"

세상에는 사람의 힘으로 되는 게 있고 안 되는 게 있다.

제아무리 회귀자라고 해도 대세를 바꾸는 건 불가능하기에, 그에 적응하면서 살아가야 하는 것이다.

마찬가지로 기업 역시 스스로의 힘으로 바꿀 수 있는 것에는 한계가 있다.

그렇기에 아성철강은 위기에 대처할 수 있는 능력을 길러야 한다.

'투자에 대한 자생능력, 원자재 조달능력을 길러야 해!'

단순히 투자로만 끝나선 안 된다.

이를 통한 시스템 구축을 해 둬야 후일에 조금 더 큰 그림을 바라볼 수 있다.

"자네는 참 그림을 크게 그려서 마음에 들어!"

"하핫! 사람은 원래 넓게 봐야 한다잖습니까!"

"아무튼, 그래서 이번 계약은 어떻게 해 줄까?"

"시카고상품시장에서 풋옵션을 좀 구매하려고 합니다만."

"…풋옵션? 하락장에 배팅하겠다는 거야?"

"네! 지금이라면 충분히 하락장에 걸어도 될 겁니다!"

경기침체가 극에 달하고 있다. 올해 7월이면 생산업체들이 일제 감산에 들어갈 정도로 원자재 수요는 줄어들 것이다.

'물론 상사를 거치면 그 가격이 오히려 올라갈지도 모르지만!'

지금 이 시점에 상품시장에서 선물거래로 원자재를 조달하려는 것은 감산으로 인한 품귀를 피하려는 전략이다.

소비둔화로 수요가 확 줄어 생산 자체를 하지 않게 되기에 시장에 풀린 물량도 그만큼 줄어든다. 그런 시장에서 원자재를 조달한다는 것은 쉽지 않아서 오히려 가격이 상승하는 악순환의 고리가 생기게 되는 것이다.

'그러면서 돈도 벌고, 얼마나 좋아!'

일석이조. 이게 바로 인호의 핵심투자전략이었다.

"오케이, 그럼 일단 계약부터 알아보고, 체결까지 하고 가자고."

"넵!"

"그나저나 요즘 소송이네 뭐네 시끄럽던데, 괜찮은 거 맞아?"

인호는 빙그레 미소를 짓는다.

"아! 그거요? 지금쯤이면 거의 마무리될 것 같은데요?"

"오…?"

"두 자료가 아예 다른데요?"

"흠."

"과장님, 지금이라도 우리가 먼저 치고 들어가서 털어 낼 건 털어 내시죠!"

금감원이 조사한 결과, 인천계 카르텔이 세관에 신고한 가액과 실제 유통된 건자재의 총액이 거의 300억 이상 차이가 났다.

해외진출을 위해 부풀린 자료들이 상당히 많았고 재무감사에 제출한 자료에는 매출액을 상당액 깎아 낸 부분이 많았다.

이대로라면 탈루, 탈세, 분식회계 등등, 국세법 위반은 물론이고 공정거래법위반까지 한 방에 엮을 수 있을 것이었다.

"일단 조사관부터 보내. 보내서 얻어 낼 수 있는 자료는 최대한 얻어 내. 아주 타이트하게 조사하는 거야."

"네! 지금 당장 움직이겠습니다."

설희는 이번 기회에 그 유명한 인천, 경기 서부 건자재 카르텔을 완벽하게 쓸어버릴 수도 있겠다 싶었다.

'질기고 질긴 악연이지!'

사실 지금까지는 동생 설림의 남편 정민우가 속한 청천 세관이 카르텔에 엮여 있다는 의혹을 받은 적이 있던 터라 건드리지 못했던 게 사실이었다.

하나 이제는 얘기가 달랐다.

칠 것이 있으면 확실히 치고, 잘못된 것은 바로잡을 것이다.

가장 먼저 칠 곳은 인천의 성한기업이다.

"지금부터 성한기업의 모든 재무자료를 다 털어 낸다. 대만계 금융권에서 보낸 자료에 의거, 밀수에 대한 정황도 잡아야 하니 영업자료까지 모조리 회수해."

"네!"

성한기업의 본사 앞에 당도하자 청천경찰서의 형사들이 보인다.

그들과 악수하는 설희.

"반갑습니다. 윤설희 과장입니다."
"말씀 많이 들었습니다. 저희 팀장님 언니 되신다고."
"사사롭게는 그렇죠."
형사들 사이에 섞여 있던 설림이 빙그레 웃는다.
"자, 그럼 족치러 가 봅시다!"

❦

고윤주의 모든 것이 무너져 내린다.

"…묵비권을 행사할 수 있고, 변호사를 선임할…."

마치 오래된 집에서 이사를 나가는 사람들처럼 한 뭉텅이씩 짐짝을 들고 나르는 사람들.

이 모든 것이 자신의 인생인데, 그것을 저리 짐짝 던지듯 불태워 버리고 있었다.

"고윤주 씨?"

"…씨발!"

"뭐요?"

"인생이 참, 뭣 같네, 정말."

그녀가 아직 어렸던 그때, 아버지는 일본에서 배워 온 철강기술을 바탕으로 사업전선에 뛰어들어 제법 성공한 사람이었다.

소녀 고윤주에게 아버지는 강인한 철강맨이었고, 대한민국 산업을 떠받치는 영웅 그 자체였다.

그런데 그 영웅조차도 세상이라는 풍파 속에선 그저 나약한 인간일 뿐이었다.

"우리 아버지가 어떻게 돌아가셨는지 알아?"

"네…? 갑자기 그게 무슨 말입니까?"

"담합으로 사람의 피를 말려 죽이는 이놈의 빌어먹을 카르텔 때문에 속병을 앓다가 돌아가셨다고. 그런데 빌어먹을 카르텔의 대가리 노릇을 내가 하고 자빠졌네. 인생 참 아이러니하지 않아?"

그녀를 체포하려 수갑을 채우는 형사들이 한숨을 푹 내쉰다.

"후회하십쇼. 후회 없는 범죄자는 뉘우침도 없거든요."

범죄자의 서사가 아무리 초연하고 기구해도, 그가 범죄를 저지른 사실은 없어지지 않는다.

이미 돌이킬 수 없는 강, 그곳을 건너 버렸기 때문이다.

"아무튼, 도주의 우려가 있기 때문에 체포합니다. 자세한 내용은 서로 가서 하시죠."

"…그럼 앞으로 우리 회사는 어떻게 되는 거야?"

"그건 아마 시간이 알아서 해결해 주겠죠."

어떤 방식으로든 회사는 무너질 것이다.

자신이 쌓은 성이 모래로 만들어졌다는 걸 잘 알기에, 고윤주는 파도에 떠밀려 갈 아버지의 유지를 그저 바라만 볼 수밖에는 없었다.

"죗값 치르고 나와서 당당하게 다시 시작하세요. 아셨어요?"

"……."

"그럼 갑시다."

수갑을 찬 채로 경찰들을 따라나서는 고윤주.

그녀는 생각한다.

"…패배한 빌런에게 재기란 없어. 허락되지가 않거든."

이것이 바로 빌런의 말로다.

같은 시각.

청천은행으로 경찰들이 들이닥치기 시작한다.

"경찰입니다!"

"…뭡니까?"

"유성필 씨, 당신을 여신관리법 위반 및 해외밀수 공조로 체포합니다. 묵비권을 행사할 수 있고, 변호사를 선임할 수 있습니다!"

여신관리국장 유성필이 경찰들에게 체포되었다.

"…밀수?!"

"어머, 미쳤나 봐! 여신관리국장이 밀수 공조라니!"

주변 사람들이 수군거리기 시작한다.

은행에 통장을 정리하러 온 사람들은 저마다 예금을 어떻게 해야 할지 고민하기 시작했고, 같은 은행의 직원들은 뜻하지 않은 고용불안에 직면하게 되었다.

수갑을 차는 그 순간까지도 유성필은 자신의 혐의를 부인했다.

"잠깐만! 이거 뭔가 오해가 있는 것 같은데, 난 그저 선량한 시민으로서 대한민국의 금융발전에 기여한 것밖에는 없는 사람이라고요!"

"관세청 통관국장이 뱃길을 열어 주면, 당신이 대만계 차명계좌를 움직여서 수출입여신을 받아냈잖습니까. 자, 여기! 증거 있습니다."

형사들은 TWK라는 직인이 찍힌 계좌내역을 유성필에게 내밀었다.

그리 많은 양은 아니었고, 일부 목록이 블록 처리된 임시서류였지만 나올 건 다 나와 있었다.

"더 이상 은행에서 쪽팔리지 말고 경찰서로 가서 제대로 조사받으시죠."

"…오해라니까!"

"오해라고 생각되시면, 그 또한 경찰서로 가서 해명하시면 됩니다. 가시죠!"

이 세상의 모든 범죄자들이 경찰서로 끌려가면서 하는

말이 있다.

"난 절대 아니라니까?!"

"범죄자들 레퍼토리는 어째 건국 이래 변하는 게 하나도 없을까?"

전형적인 유형의 회피형 범죄자, 그 사람이 하나 더 늘었다.

[…다음 소식입니다. 경기도 청천시 소재의 청천은행이 지난 부실대출 혐의에 이어 카르텔 범죄의 자금유통을 맡은 것으로 드러나 충격을 주고 있습니다…]

저녁 8시 뉴스를 시청하는 윤설림, 정민우 부부.

"이번에 제대로 한 건 올렸네. 아주 바빴어. 알고 있어?"

"…어, 뭐, 나도 눈이라는 게 있으니까."

평소에도 그리 살가운 사이는 아니지만, 오늘은 유독 팽팽한 긴장감 같은 것이 감돌았다.

그 긴장감은 어지간해선 깨질 기미가 없어 보인다.

"세관에도 경찰들 찾아간 거 알고 있지?"

"어제 봤어."

"청천세관에 프락치 새끼가 하나 있는 것 같던데, 결정적인 단서가 없어서 못 잡았단 말이야. 나 참, 세상천지 세관 직원이 밀수에 가담했다는 말은 생전 처음이라 얼마나 당황했는지 알아?"

"…그랬어?"

"당신은 뭐 아는 거 없어?"

아내의 눈이 남편을 응시한다.

하나 남편은 TV에 시선을 고정하고 있을 뿐, 별다른 말이 없었다.

슥, 슥, 슥….

말이 없는 남편, 그러나 그의 다리는 좀처럼 진정하지 못하고 아주 미묘하게 떨고 있다.

"이 프락치 새끼는 앞으로 긴장 좀 해야 할 거야. 조만간 내가 아주 잡아 족쳐서 콩밥을 먹일 거거든!"

"…거참, 안 됐네. 하필이면 윤설림 경감에게 덜미가 잡혀서 말이야."

"그러게? 하필이면 나 같은 독사 년에게 걸려서 어쩌?"

아내는 슬그머니 자리에서 일어선다.

그리곤 아직도 소파에 앉아 있는 남편에게 물었다.

"재주 좋네. 대체 어떻게 숨긴 거야?"

"…뭐가?"

"그 프락치 새끼 말이야. 대체 무슨 재주가 있어서 자기에게 결정적인 증거가 될 만한 건 싹 빼돌려서 숨겨 놓았냐는 말이지."

"……."

"아! 뭐, 당신이 얘기 안 해 줘도 대충 그림은 그려져. 이제 그 그림에 색칠만 예쁘게 해서 액자에 끼우기만 하면 되는 거라서 말이야!"

아내는 방으로 들어가 버렸다.

이내 홀로 남은 정민우.

'…좆 되는 줄 알았네!'

정말 아슬아슬하게 경찰의 칼날이 세관을 피해 나갔다.

그나마 희생자 한두 명 생기고 일이 끝난 것은 천운이었다.

'그나저나 나는 어떻게 용의 선상에서 빠진 거지?'

아내는 심증이 있는 것 같지만 결정적인 증거는 없는 모양이었다.

만약 그게 아니었다면 지금쯤 그는 유치장 신세를 지고 있었을 테니까.

딩동!

문자가 한 통이 도착했다.

핸드폰을 확인하는 정민우.

[우체통 확인 요망]
[내용물 : 통관범죄 증거물]

'…뭐야, 이게!'

자리에서 일어나 현관문을 열고 우체통이 있는 아파트 1

층으로 향했다.

엘리베이터를 잡을 정신도 없어서 아파트 5층 계단을 미친 듯이 뛰어 내려갔다.

그가 우체통에 당도했을 때, 검은색 모자를 쓴 남자가 정민우를 스윽 쳐다보더니 이내 돌아서 걸어가기 시작한다.

순간 정민우는 그가 자신에게 문자를 보낸 사람임을 직감한다.

"어이, 거기…!"

남자는 걸음이 상당히 빨랐고, 자리에서 얼마 떨어지지 않은 곳에 있던 오토바이를 타더니 이내 사라지고 말았다.

숨통이 턱 막히는 느낌. 금방이라도 심장이 터져 버릴 것 같아 생각에 사로잡힌다.

"허억, 허억!"

가까스로 숨을 토해 내며 우체통을 열어 보는 정민우.

그 안에는 '룸살롱 CCTV'라는 글귀가 적힌 쪽지와 사진 한 장이 놓여 있었다.

순간 깜짝 놀라서 다리가 풀려 버린 정민우였다.

"…커, 컥!"

청천은행 여신관리국장과 관세청 통관관리국장이 정민우의 뇌물을 받는 장면이 CCTV에 정확하게 찍혀 있는 것이었다.

대체 이게 어떻게 된 일이란 말인가!

따르르르릉!

"헉!"

별안간 울리는 정민우의 핸드폰.

그는 떨리는 손으로 전화를 받는다.

"…여보세요?"

-아이고, 작은 형님! 처음 뵙겠습니다. 막내동서 최인호라고 합니다!

"누구…?"

-아이고, 왜 이러십니까? 같은 식구끼리 이리 내외를 하시면 제가 너무 섭섭하지 않겠습니까?!

"뭐야, 당신! 내 번호는 어떻게…."

-선물은 잘 받으셨고?

순간 정민우는 너무 깜짝 놀란 나머지 핸드폰을 떨어뜨릴 뻔했다.

마치 거미줄에 걸린 한 마리의 나방처럼, 정민우는 그 자리에서 옴짝달싹할 수 없었다.

-내가 충고 하나 해 줄까요? 앞으로 당신, 처형에게 정말 잘하면서 살아야 할 겁니다. 그리고 우리 처가에 두 번 다시 칼을 겨누었다간 그대로 감빵에 쳐넣어 버릴 테니 그리 알아요. 알겠어요?

"다, 당신 미쳤어?! 이게 지금 뭐 하는 짓이야?!"

-미치다니, 그게 지금 우리 장인어른 얼굴에 똥을 뿌리

려던 새끼가 할 말입니까? 어째, 처형한테 전화 한 통 돌려 줘요? 당신이 저 범죄자 꼰대 새끼들한테 금덩이 갖다 바치면서까지 범죄 카르텔에 기어코 들어갔다고!

"헉…!"

모든 걸 다 알고 있는 이 사람.

그저 아무런 근거도 없이 내지르는 허세가 아닌, 뭔가 근거가 있는 협박이라는 것을 어렵지 않게 알 수 있었다.

"…나한테 원하는 게 뭐야?"

-원하는 거? 다른 거 없어요. 앞으로 우리 처형들이 수사를 이어 나가시는 데 공손하게 협조하시고, 우리 장인어른 얼굴에 똥칠하지 않도록 아주 얌전하게 지내 주시는 겁니다. 아 참, 큰형님과도 사이좋게 지내면서 내 말도 좀 잘 들어주시고요.

"하…!"

-싫어요? 그럼 감옥에 가시면 되겠네요!

막다른 골목이다.

더 이상의 선택지가 없다.

-대답이 없으시네요?

"…알겠어."

-역시! 동서지간에 이 얼마나 정다운 그림이냔 말입니다!

진퇴양난이었다.

아내는 절대 물러서지 않을 것이고, 이 징글징글한 막내 동서라는 놈에게 코가 꿰여 살아가야 한다니.

'잘나가던 인생…. 완전 몰락이네.'

산뜻한 새벽공기가 인호의 가슴 속을 깨끗하게 채워 주는 시간.

'…하! 서울의 새벽이 이렇게 상쾌했었나?!'

그 어느 때보다 발걸음이 가벼운 출근길이다.

[론더버리 달러선물 인덱스]
[현재가 : 13.37달러(US/D)]
[보유물량 : 489,795개]

'오케이, 달러선물 상승장이고!'

현재 환율은 1달러당 1,320원, IMF금융위기 이후 가장 가파른 상승세를 보이고 있다.

횡보장이 끝난 지금, 본격적인 등락폭이 그려지기 시작한 것이다.

[매각 주문 : 전량]
[예상 매각금액 : 6,548,559.15달러(US/D)]

PDA로 이선증권에 매각 의사를 전달했다.

이제 오늘 밤이면 주문이 완료되어 한화 7억 상당의 이윤이 계좌에 꽂힐 것이다.

그럼 인호는 달러화를 팔아 원화를 매입하고, 상대적으로 저렴해진 원화로 통화선물을 결제하면 된다.

그렇게 하면 달러당 50원의 이득을 볼 수 있다.

'그럼 이제 문제는 파운드화의 시세인데 말이야….'

인호는 300만의 파운드화 통화선물을 결제했다.

만약 이 가격이 떨어졌다면, 인호는 손해를 보게 된다.

[검색 : 파운드화(GB/P)]
[검색 중…]

'잘못하면 억 단위 손해인데….'

PDA의 속도는 미래의 스마트폰과 비교가 되지 않기 때문에 기다림의 미학이라는 것이 필요했다.

화면이 넘어가길 기다리는데 어느새 지하철이 청천역에 도착했다.

PDA를 손에 쥔 채 지하철 역사를 빠져나가려는데 가판대의 신문이 눈에 들어온다.

'이제는 거의 루틴이 다 되어 버렸는데?'

전생의 인호는 가판대에 신문이 꽂혀 있었다는 것조차 잊고 살 정도로 여유가 없었다.

하나 이제는 다르다.

주변의 풍경, 온도가 만들어 내는 냄새.

모든 것을 눈으로 보고, 귀로 듣고, 코로 느낄 수 있는 마음속 공간이 생긴 것이다.

[원자재 가격, 하락…]
[하락하는 원자재 가격에 중소기업들의 신음…]
[…중소기업의 원자재 수급 곤란에 대한 정부 대책 미온…]

'한 치의 틀림이 없네!'

원자재 가격은 상승하고 있으나 수급 곤란을 호소하는 기업들이 점점 늘고 있었다.

불황 속의 품귀, 해외시장에서도 카르텔은 언제나 극성이었으며 매점매석이 판치고 있었다.

딩동!

[검색 완료]
[파운드화 : 1,329원/1파운드]

파운드화가 올랐다.

빙그레 미소를 짓는 인호.

'이걸로 또 용돈 벌이했네?'

용돈이 억 단위라니, 인호의 인생이 점점 바뀌어 가고 있다.

"최 과장! 싱가포르에서 팩스 왔대!"

"네, 갑니다!"

제2 공장 증설문제로 눈코 뜰 새 없이 바쁘게 움직이는 인호를 부르는 오 과장.

좋은 소식을 기대하며 한달음에 달려온다.

"자, 여기!"

"감사합니다!"

팩스를 읽어 보는 인호.

[…귀사를 간척사업 제16공구의 철근공급사업자로 선정함을 알려 드립니다]

[from Ministry of National Development(싱가포르 국토개발부)]

"오오!"

"뭐야? 좋은 일이야?"

"우리가 싱가포르로 철근을 공급할 수 있게 되었습니다!"

"…헉! 그럼 그게 다 얼마야?! 대체 얼마짜리 계약인 거야?"

"글쎄요, 한 2천억?"

"와, 대박이네, 대박!"

모래를 팔아서 얻어 낸 납품이다. 하지만 그보다 더 중요한 것은 앞으로 재차 납품 건에 아성철강의 이름이 올라갈 가능성이 아주 높다는 점이었다.

이 기쁜 소식을 들고 아성철강의 사장을 찾아가는 인호.

똑똑.

문이 아주 살짝 열려 있었지만, 함부로 들어갈 수는 없어서 인기척을 냈다.

"사장님!"

"음, 최 과장, 들어와. 안 그래도 전할 말이 있었는데 말이야."

"어이, ROTC!"

"앗, 선배님! 충성!"

김주승 변호사가 장인과 독대 중이었고, 인호를 보자마자 반갑게 인사한다.

그 모습을 보며 빙그레 웃는 장인.

"하여간 ROTC들은 유난이라니까."

"좋은 게 좋은 거 아닙니까!"

"자네가 그렇게 좋아하는 좋은 거 하나 도착했어."

"오, 정말입니까?!"

활짝 웃는 인호.

아마도 그가 그토록 기다리던 소식이 전해졌을 것이었다.

기대감에 찬 인호에게 김주승은 한 통의 통지서를 건네주었다.

[…해당 사안에 대한 공소 기각]
[형사소송법 제327조 2항에 의거, 이와 같이 공소를 기각하는 바이며…]

"두 건 모두 공소 기각이야. 저놈들이 억지 소송을 걸었다는 게 증명된 셈이지."
"아…! 정말 다행입니다!"
"역고소도 가능하고 손해배상청구도 가능한데, 어떻게 할래?"
김주승은 해당 건의 담당자인 인호에게 향후 진행사항에 대해 물었다.
인호는 강성을 선택했다.
"역고소 진행하시죠!"
"우리가 이기는 건 당연한 일이긴 해도, 제대로 돈을 받아 낼 수 없을지도 몰라."
"만약을 위한 방책이니 돈은 상관없습니다!"
우린 죄가 없다는 사실을 대외적으로 알리는 것이 목적이었지, 돈을 받아 내는 건 애초에 관심도 없었다.
대대적인 홍보효과, 그것을 노린 것이었다.

"이젠 신도시 개발이 본격화되겠네요?"

"당연하지. 그리고 당진제철소 인수도 마찬가지로 진행될 거고."

대한민국 제3 제철소 인수에 박차를 가할 미추홀제철과 손을 잡게 되었으니 앞으로의 미래가 상당히 밝다고 볼 수 있다.

따르르르릉!

점심시간이 지나자마자 칼같이 걸려 온 전화.

"네, 아성철강 영업팀입니다!"

-최인호 과장님 자리에 계십니까?

"제가 최인호인데요. 어디십니까?"

-계림건설 자재매입과인데요. 혹시 모래 좀 구할 수 있을까요?

"아…, 네, 잠시만요. 메모지가 다 떨어져서!"

오늘만 대체 몇 건의 주문전화가 걸려 온 것인지 모르겠다.

스케줄 보드에 포스트잇을 붙일 자리가 없어서 파티션 옆면이 메모지로 가득 차 있다.

모르는 사람이 멀리서 보면 파티션 벽면을 알록달록하게 꾸며 놓은 줄 알 것이다.

"매입 수량은 얼마나 되십니까?"

-일단 5만 평 정도 성토하려고 하는데, 가격이 어떻게 될까요?

"공시가격을 보시면 아시겠지만, 지금 공사용 모래가 평당 13,500원입니다. 그렇게 되면 총 단가가 6억7천5백 정도 나오겠네요?"

-바로 계약할게요. 결제는 어떻게 진행하면 좋을까요?

"편하신 쪽으로 하십쇼!"

-신용장 개설은 번거로우니까 저희가 계좌로 이체하겠습니다. 그럼 되겠죠?

공사가 얼마나 급하면 신용장마저 건너뛰고 현금을 곧바로 송금하겠다고 하는 것일까.

지금 이처럼 발등에 불 떨어진 회사들이 너무나도 많아서 아성철강 영업팀은 빗발친 전화에 몸살을 앓을 지경이다.

매각과정의 절반 이상을 전화로 끝낸 인호는 계약서를 작성해서 오 과장에게 전달했다.

"과장님, 담당자 서명이요!"

"…이놈의 모래가 사람 잡네."

"본격적으로 석재 조달하기 시작하면 더 바쁠 텐데, 어쩌려고 그러십니까?"

"하, 정말! 매출이 너무 잘 나와도 문제로구만."

언제는 실적이 준다고 징징거리더니, 이제는 즐거운 비

명을 질러 댄다.

피식 웃으며 자리로 돌아가는 인호.

따르르르릉!

또다시 전화가 걸려 온다.

"…최 과장! 그놈의 전화선 좀 뽑아 버려!"

"큭큭, 그럼 사장님한테 혼납니다!"

"아, 노이로제 걸리겠네!"

징징거리는 오 과장을 가볍게 넘긴 뒤, 전화를 받았다.

"네, 아성철강 영업팀입니다!"

-마침 자리에 있었네? 나야, 이선증권 이 부장.

"아! 선배님!"

-요즘 모래 때문에 한창 바쁘지?

"어휴, 정신이 하나도 없습니다!"

-그래! 바쁜 게 좋은 거지. 기쁜 소식 있어서 전화했어. 잠깐 통화 가능하지?

"네, 그럼요!"

-이번에 1/4분기, 2/4분기 기업 자산가치 재평가가 있었거든? 아성철강의 시가총액이 65.8% 증가한 걸로 평가되었어. 축하해!

"…65%요? 아이고, 엄청나게 올랐네요?"

두 분기 만에 시가총액이 60% 넘게 올랐다는 것, 그야말로 기염을 토해 낸 것이나 마찬가지였다.

하나 호재는 그게 끝이 아니었다.

-얼마 전에 자네 장인어른께서 오사카 철강협회에 인수합병 제안서를 보냈다고 하시더라고? 거기에서 시가총액 보고서를 보더니 회사를 넘기겠다고 승인서를 보내 왔어.

"허! 정말입니까?!"

-이번에 싱가포르와 계약한 것도, 인도차이나반도 수출을 따낸 것도 한몫했고 법정분쟁에서 이긴 것도 좋게 작용했나 봐.

"아…!"

정말 기분이 날아갈 것 같았다.

익히 예상하고 있었던 다른 사건들과 달리, 순전히 인호의 노력으로 얻어 낸 값진 결과물이 이렇게 눈앞에 놓이니 감회가 새롭다.

-인수합병 제안서를 팩스로 보낼 테니까 검토한 뒤에 연락 줘. 내가 M&A 자문팀을 꾸려서 아성철강으로 찾아갈게.

"감사합니다!"

-별말씀을. 그럼 조만간 또 보자고.

"넵! 들어가십쇼!"

전화를 끊은 인호는 자리에서 벌떡 일어섰다.

그리곤 두 팔을 벌리며 외쳤다.

"아싸, 대박이다!"

"…얼마?"

"1,671억입니다."

"많이도 해 먹었군."

얼마 전 종결된 철근담합 및 해외 밀수출 적발에 대한 보고서를 올린 윤설림 경감.

그 보고서를 받은 상사의 반응은 이랬다.

"아니, 대체 이런 정보는 어디서 뽑아낸 거야?"

청천서장 박윤식이 놀라움 반, 걱정 반의 목소리로 물었다.

그에 대한 대답은 아주 짧았다.

"익명의 제보가 있었습니다."

"제보? 무슨 제보가 있었길래 인천의 카르텔을 때려잡아?"

"대만 TWK의 내부자가 한국으로 수사협조 자료를 보내왔습니다."

"…뭐? 잘못했다간 외교마찰 일으킬 수 있다고 그런 민감한 공조는 안 하기로 했잖아!"

"그래서 말씀드렸잖습니까. 익명의 내부자가 보내 줬다고요."

"음!"

은행의 대표자료가 넘어왔다면야 문제가 될 수도 있겠으나, 익명의 내부자가 비밀리에 보낸 자료는 문제가 되지 않는다.

그것은 개인이 공익을 위해 희생했을 뿐, 외교 관계를 생각하지 않은 돌발행동은 아니었으니까.

"그나저나 서장님, 왜 이렇게까지 금융 관계에 소극적인 겁니까? 우리가 무슨 잘못을 한 것도 아닌데요."

"난들 아나? 윗선들이 하는 일을 내가 어떻게 알겠어."

경찰서장도 꽤 높은 계급이지만, 고위급 인사들이 보기엔 그저 흔한 장기 말 중 하나일 뿐이다.

박윤식은 보고서를 덮었다.

"아무튼, 그래서 앞으론 뭘 어떻게 할 건데?"

"우선은 관계자들부터 싹 다 잡아들이고 공정위 조사받게 만들어서 빵에 쳐넣어야죠."

"그쪽 단체랑 청천시 철강업자들 간에 무슨 법정 분쟁 같은 게 있었잖아. 그건?"

"아! 그건 알아서 처리되었습니다. 카르텔이 한 고소가 제대로 들어갈 리가 없잖습니까. 법원에서 기각시켰습니다."

사필귀정. 그야말로 잘못된 것이 제자리로 돌아오고 있다.

그럼에도 불구하고 박윤식은 뭔가 좀 찜찜한 느낌을 지울 수가 없었다.

"이걸로 일망타진이 되긴 한 거지?"

"공식적으로는 그렇습니다."

"공식적으로는…?"

"조금 더 조사를 해 봐야 하지 않을까 싶기는 합니다만."

박윤식이 가만히 생각에 잠긴다.

공식적으로는 종식이 된다…. 하지만 경찰 특유의 감각은 그게 아니라고 말하고 있었다.

"그럼 이쯤에서 수사를 종결하는 것으로 하지."

"네, 그럼…."

"공식적으로는."

"…예?"

"지금부터 비공식 수사팀을 꾸려서 아예 이쪽을 바닥부터 다시 터는 거야. 자네 언니가 공정위 서울사무소에 있다고 했지?"

"네, 그렇기는 합니다만."

"마침 잘됐군. 그쪽에 공조 요청해서 수사팀 좀 꾸려 봐."

감이 온다. 이 건은 절대 여기서 끝날 판이 아니라는 것을 말이다.

수사보고서를 제출하고 나오는 길.

부하들이 박수를 친다.

짝짝짝짝!

"우리 팀장님, 브라보!"

"브라보는 무슨. 호들갑 떨지 말고 회식이나 준비해. 오늘은 내가 쏜다."

"오! 팀장님 나이스샷!"

이렇게 좋은 날에는 부하들을 데리고 단골 대폿집으로 가서 한 잔 걸치는 게 제맛이다.

팀원들을 이끌고 경찰서 옆의 오래된 노포로 향하는 윤설림.

그런 그녀에게 부팀장 정인수 경위가 묻는다.

"있잖습니까, 팀장님. 세관 수사는 왜 중간에 멈추게 된 겁니까?"

"결정적인 증거가 중간에 빠져 있었어. 뭐랄까, 새로운 수사 방향을 인도하는 듯한 느낌이랄까?"

"예? 결정적인 증거가 빠졌는데 수사 방향을 어떻게 잡습니까?"

"형사들이 사건에서 증거가 몇 개 빠지면 기분이 어떨 것 같아?"

"당연히 찝찝하죠."

"그래, 그러니까 그 찝찝함 때문에라도 수사에 매달리겠지? 사건이 종결되어도 말이야."

"아…!"

"그런 거야."

이번 수사에서 설림은 최인호의 강력한 자력 같은 것을

느꼈고, 거기에 이끌리듯 수사의 방향을 전환했다.

'내 남편을 수사 선상에서 제외시킨 건, 그 너머에 무언가가 더 있다는 걸 알고 있다는 뜻이겠지.'

더 큰 물고기를 낚기 위한 떡밥, 그것을 남겨 둔 채 사건을 종결시킨 것이다.

아마 오늘 던져 놓은 떡밥은 차후에 보다 큰 월척을 낚기 위해 쓰일 것이 분명하다.

술집에 들어가니 주인장 노파가 상부터 차린다.

"이모, 우리…."

"누가 술값 계산하면서 미리 주문도 해 놓고 갔어. 앉아 있으면 차려 줄 테니까 기다려."

"예…?"

팀원들은 계산이 끝났다는 말에 신이 났다.

"팀장님! 오늘은 그럼 눈치 안 보고 코 비뚤어지도록 마셔도 되는 거죠?!"

"너희들이 언제는 눈치 봤어?"

"크흐, 술맛 죽이겠다! 자자, 한 잔씩 돌립시다!"

잠시 후, 어지간해선 먹기 힘든 한우 특수부위에 술도 비싼 것으로 세팅이 되기 시작한다.

지금 앞에 차려진 것만 해도 족히 수십만 원은 될 것이다.

"우와! 이게 다 뭐야…?"

"젊은 청년이 아주 화끈하더라고. 돈도 현찰로 내고 갔어."

젊은 청년, 화끈한 현찰까지.

설림은 이 모든 게 제부의 작품이라는 것을 어렵지 않게 알 수 있었다.

'통이 제법 큰데?'

화끈한 성격, 두툼한 배포.

어쩐지 제부라는 사람과 말이 잘 통할지도 모른다는 생각이 든다.

"남편이! 오늘은 보라색 넥타이가 좋대!"
"음? 그래?"
"오늘 신문에 나왔더라고!"
"나 참, 안 그럴 것 같아선, 미신도 믿어?"
"헤헷, 좋은 게 좋은 거잖아!"

기왕이면 좋은 쪽으로, 뭐든지 좋은 게 좋은 것이라는 마인드가 이 부부의 인생관이다.

"아 참, 오늘이 장인어른 생신인 거 알고 있지?"
"응! 알고 있어. 그래서 언니가 같이 생일상 차리자고 그랬어!"
"오…! 큰 처형 손맛이 그렇게 좋다면서?"
"엄마가 큰언니한테 살림을 다 가르쳐 줬거든. 그때 나랑 작은 언니는 아직 어렸었고."

큰 처형에게서 장모님의 사랑을 느낄 수 있을까.

이미지만 놓고 본다면 큰 처형이야말로 어머니와 가장 가까운 인상이긴 하다.

철컹.

"음…?"

다소 부산한 아침을 준비하고 있는데.

어디선가 문고리가 덜컹거리는 소리가 들린다.

"…뭐야? 이 집에 누구 있어?"

"우리 집에 우리 가족 말고 사람이 있을 리가…."

뜬금없는 인기척에 인호는 주변에서 아내를 보호할 만한 무기부터 찾는다.

듬직한 덩치만큼이나 유도, 복싱, 태권도, 안 해 본 운동이 없는 인호였기에 기습만 당하지 않으면 일 대 일은 자신 있었다.

'…요즘 동네 분위기가 흉흉하던데, 이참에 그냥!'

바로 그때.

철컥!

"헉!"

"까꿍!"

"…어?!"

"에헤헤헤, 아빠!"

"뭐야?! 서아 아니야?!"

놀랍게도 서아가 스스로 걸어서 문고리를 잡고 돌린 것이었다.

부부는 깜짝 놀란 것은 둘째치고 딸이 걸었다는 것에 몹시도 감동했다.

"어머! 우리 딸이 걸어!"

"이야, 이건 뭐, 거의 기념비적인 사건이잖아? 캠코더 어디 있어!"

틈이 날 때마다 딸의 모습을 캠코더에 담아내는 인호.

그는 딸이 첫걸음마를 뗀 장면을 캠코더에 그대로 기록했다.

"서아야, 엄마한테 와!"

"헤헤헤, 엄마아아!"

"으이구, 우리 딸! 천재야, 천재! 벌써 걷고, 문까지 열어?! 어머, 얘를 진짜 어쩌면 좋아?!"

인호는 걸음마를 뗀 딸과 그런 딸을 몹시도 예뻐하는 아내의 모습을 카메라에 담는다.

뷰파인더 속 모녀의 모습은 그야말로 그림과도 같았다.

'…와! 이런 절대 돈 주고도 못 볼 순간들을 놓치면서 살아왔다니.'

아침과 저녁은 무조건 가족과 함께한다는 인호의 철칙. 또한, 주말엔 무조건 집에서 보낸다는 그의 신념이 이토록 아름다운 순간을 감상할 수 있는 기회를 만들어 준 것이다.
"서아야, 아빠한테 와 봐!"
"헤헤, 아빠빠!"
아장아장 걸어서 인호에게 안겨 오는 딸.
카메라는 잠시 소파에 놓고 딸을 품에 안는다.
"쭙쭙쭙!"
"아하하! 간지러워!"
이 순간 인호는 세상에서 가장 행복한 사람이라는 걸 절감했다.

뜻밖의 기쁨을 뒤로하고 회사로 향하는 인호.
[잔액 : 7,000,000 달러(US/D)]
지하철에 오른 그는 PDA를 켜고 투자금을 확인해 본다.
한화로 90억 상당.
저번에 환투자로 번 돈에서 억 단위 돈인 7억2천만 원을 아내에게 주고 투자원금으로 만들어 둔 금액이다.
이제 이것을 분산해서 투자하기 시작할 것이다.
그가 노리는 것은 원유선물이다.
[검색어 : 원유선물]
[검색 중…]
올해는 원유 가격이 급등, 급락을 거듭하며 혼조세를 보일 것이다.

이 혼조를 틈타 월가의 투기꾼들이 만들어 내는 기묘한 흐름에 올라타 제대로 된 작전주 뽀개기를 시전할 생각이다.

'텍사스산 중질유 시장이 이번에 크게 흔들릴 거야. 흠…, 그렇다면 이 미묘한 격차를 좀 이용해 볼까?'

미국 영해에 위치한 텍사스 유전에서 감산조치에 들어갈 텐데, 그와는 반대로 영국 북해유전과 동남아 유전에서는 생산을 동결할 것이다.

이처럼 올해 3/4분기 석유시장은 서로의 입장 차이를 좁히지 못한 채 혼돈의 도가니에 빠지게 된다.

인호는 이때를 이용하려는 것이다.

[검색결과 : WTI 선물, 북해 크루드 선물…]

[총 12개]

'음, 그럼 이렇게 해 보자. 텍사스 시장에는 콜옵션, 북해유전에는 풋옵션!'

미묘한 간극 차이이다. 하지만 이런 소폭 횡보장에서는 미세 간극을 조율하는 것만으로도 충분히 돈을 만질 수 있다.

'자! 이대로 내년까지 쭉! 달려 보자고.'

"음, 자네는 이 회사가 마음에 드나?"
이선증권에서 보내온 자료를 검토하는 장인.

인호는 일본 '아라하시 철강'의 인수합병 제안서를 아주 흡족한 눈으로 바라본다.

"네, 그럼요!"

"인수자금은 어떤 방식으로 해결할 생각이지? 미국에서 돈을 벌어 온다고 해도 시일이 제법 걸릴 것 아닌가."

"우선은 이선증권 투자은행 부서를 통해서 여신을 조달하면 어떨까 싶습니다! 어차피 제로금리에 가까운 특전이 있는 데다, 분할상환을 통해 우리 회사의 신용도도 올릴 수 있고요!"

아라하시 철강은 인호가 구성하고 싶은 강판성형기술과 합금기술의 토대를 만들 수 있는 회사이다.

'하이드로포밍! 이것만 갖춰도 일단 절반은 먹고 들어가는 거야!'

아직 상용화까지는 한참 걸릴 일이지만, 아라하시 철강은 '액상압축분사방식'이라는 특허를 가지고 있다.

하이드로포밍이라는 것은 강판을 튜브 형태로 만든 뒤, 그 안으로 강력한 수압을 발사해서 원하는 형상대로 만드는 최종 성형방식이다.

이렇게 되면 복잡한 형태의 자동차 부품을 각종 프레스로 찍어 내고 따로 용접을 하지 않아도 되기 때문에 기존의 방식에 비해 부품의 강도와 내구성이 높아질 뿐만 아니라 무게도 상당히 가벼워진다.

'백년기업? 아니, 독일 부품제조사와 겨뤄도 이길 자신이 있지!'

하이드로포밍은 고급차에 들어가는 하이엔드 부품을 만드는 데 주로 사용되며, 한국시장에서는 일본산 제품을 주로 수입해서 사용해 왔다.

만약 이 액상압축분사방식을 통해 하이드로포밍까지 완성할 수 있다면, 아성철강은 대한민국에서 유일무이한 하이엔드 부품 제조업체가 되는 것이다.

인호의 큰 그림은 바로 이 하이엔드 시장에서부터 시작한다고 해도 과언이 아니다.

"아시다시피 아라하시 철강은 내실도 제법 탄탄하고 업력도 상당히 긴 회사 아닙니까? 다만 지난 10년 동안 사세가 많이 위축되고 사실상 중소기업 수준으로 위명이 떨어지긴 했어도 특수강 부문에선 상당히 메리트 있는 회사라고 생각됩니다!"

"흠…."

아라하시 철강의 주가는 이제 곧 크게 오를 것이다.

미국이 긴 침체의 터널에서 빠져나와 2000년대 중반의 고속성장 국면에 접어들게 되면, 아라하시 철강의 특허는 미국 자동차 제조사에 높은 값에 팔리게 된다.

"제 생각엔 지금이 제일 합리적인 가격이라고 생각합니다!"

"합리적이라…."

장인은 생각이 많은 모양이다.

그도 그럴 것이, 인수합병이라는 것은 상대방 회사를 인수해서 하나의 계열사로 만들어야 하는 까다로운 과정이다.

아무리 잘해도 본전을 찾기 힘들다는 게 인수이고, 시너지를 끌어올려 기업을 완성시켜도 중간을 가기 어렵다는 게 합병이다.

"PMI는 자신 있나?"

"이선증권이라는 전문가들이 있잖습니까!"

"음…."

이선증권이 아시아 내에서 괜히 유명한 투자은행이 된 것이 아니었다.

이들은 M&A 자문뿐만 아니라 사후관리에도 상당히 진보한 노하우를 가지고 있는데, 동북아에서도 열 손가락 안에 꼽힐 정도의 짜임새를 보유하고 있다.

"이선증권을 믿어 주시면 절대 실망하는 일은 없을 겁니다!"

"그럼 일단 나랑 같이 일본 본사에 가서 회사를 시찰하는 것으로 하세."

돌다리도 두드려 보고 건너라고 했다. 장인이 이렇게까지 신중하게 움직이는 것은 너무나도 당연한 일이었다.

"네, 그러시죠!"

일본 출장일정을 조율해서 최대한 빠른 시일 내에 2차 생산공장 가동을 마무리 지을 생각이다.

보고와 일정조율을 마친 인호.

"장인어른!"

"뭔가?"

"오늘 처형이랑 설화가 생일상을 준비한다는데 말입니다. 저희 집에서 한잔하시죠!"

"…생일상을?"

"같이 가시죠!"

"오!"

사실 인호도 깜짝 선물을 준비했지만, 아직 공개하지 않을 작정이다.

'좋아하실지 모르겠네!'

그날 저녁.

"…와, 이게 다 뭐야?"

"큰언니가 만든 거야! 난 돕기만 했고!"

민물장어 소금구이가 무려 세 겹으로 쌓여 있고, 정력과 스테미너에 좋다는 건 다 들어간 해신탕이 중앙에 떡하니 놓여 있었다.

"풍천장어는 자연산이지!"

"…이게 다 얼마야? 아이고, 전복이랑 낙지 같은 것도 잔뜩 들어 있잖아!"

"장뇌삼도 넣었대!"

큰 처형의 손이 크다는 건 익히 알고 있었으나 이 정도인 줄은 미처 몰랐다.

장인을 모시고 집으로 들어가는 인호.

한데 뜻밖의 인물이 그를 기다리고 있었다.

"제부!"

"…어?"

"어서 와!"

호탕한 목소리, 화끈한 악센트.

이 집안에서 그런 성격을 가진 사람은 단 한 사람뿐이다.

"작은 처형…?"

"왜 이렇게 늦게 와? 유부남은 이렇게 늦게 다니게 돼 있어? 군기가 빠져 가지고 말이야!"

작은 처형은 인호와 같은 ROTC 출신이었다.

호탕한 성격, 같은 출신. 어쩌면 서로 절친처럼 지낼 수도 있었을 것이다.

'아직도 안 늦었어!'

지금부터라도 관계를 만들어 나가는 것이 중요하다.

인호는 호탕한 처형에게 완벽한 후배의 모습을 보여 줬다.

"충성!"

"그래, 경례부터 나와야지! 빠져 가지고!"

"넵! 시정하겠습니닷!"

그동안 내외하고 지낸 세월이 꽤 길었다. 하나 화끈하고 직선적인 작은 처형에게 뒤끝이란 없다.

"우리 후배가 아주 똘똘해! 수사도 도와줘, 우리 회식도 시켜 줬잖아?"

"어머, 진짜? 우리 남편이 짱이다!"

"하핫! 뭐 그런 걸로!"

인호는 아주 작은 호의를 베풀었고, 그게 화해의 제스처라는 것을 작은 처형은 인지한 것이었다.

'다행이네. 작은 처형은 역시 눈치가 빨라!'

빙그레 웃으며 인호에게 악수를 건네는 처형.

"과거는 과거로 묻어 두고, 앞으로 잘 지내 보자."

"넵!"

"그럼 거국적으로 술 한잔해 볼까?"

"그러시죠!"

가족이라는 관계는 참 신기하다.

틀어지는 것도 한순간, 다시 이어지는 것도 한순간.

보통의 인간관계에서 이렇게 될 일은 거의 없지 않던가.

"어이, 오늘 주인공은 나거든?"

"맞다! 아빠도 얼른 앉아!"

"…이것들이 나만 빼놓는 게 아주 습관이 되어 버렸네?"
"한잔해요!"
어른들이 왁자지껄하게 떠들자.
그걸 뒤에서 지켜보고 있던 서아가 뒤뚱거리며 달려온다.
"아아아아앗!"
"아이고, 우리 손녀!"
이윽고 손에 쥐고 있던 유아용 물컵을 번쩍 드는 서아.
"짠!"
"…어? 짠?! 하하하!"
"짜아안!"

아마도 아빠 엄마가 집에서 한 잔씩 할 때마다 옆에서 보고 따라 배운 모양이었다.

아기가 있는 집은 이렇듯 웃음꽃이 피어나게 되어 있다.
"자자, 뭐해! 다들 잔 들어! 우리 집안 보스가 한잔하자 잖아!"
"어머, 살다 보니까 이제 막 걸음마 뗀 아기한테 건배 제의를 받네!"
"짜아아안!"
드디어 이 집안에 3대가 다 모였다.

술자리가 무르익어 갈 때쯤.
서아는 이미 단잠에 빠져들었고, 장인은 술에 흠뻑 취해

소파 위에 쭉 뻗어 버렸다.

"아이는 잘 때가 제일 예쁘다고 하던데, 그거 아빠도 포함인 거야?"

"크크, 그러게."

세 자매는 쿨쿨 코를 골며 자는 아버지를 보며 귀엽다는 듯이 웃는다.

인호는 이런 순간을 평생 꿈꿔 왔었다.

"셋이 한자리에 모이니 정말 좋네요."

"앞으로는 오해 없이, 아니 오해가 있어도 그 즉시 풀고 가는 걸로!"

다른 사람은 몰라도 작은 처형이 돌아온 이상, 이 관계가 다시 틀어지는 일은 결코 없을 것이다.

비어 있는 잔을 채우는 작은 처형.

"제부!"

"네, 처형!"

"앞으론 누나라고 불러!"

"알겠습니다, 누님!"

"쓥! 누님 말고, 누나!"

"네, 누나!"

"옳지, 잘한다!"

"그럼 앞으로 누나도 인호라고 불러 주세요!"

"나야 좋지!"

붙임성 좋은 인호가 참으로 마음에 드는지 처형이 어깨에 손을 척 걸친다.

그리곤 등을 토닥거린다.

"그동안 마음고생 많았지?"

"아니요, 괜찮습니다!" "앞으론 집안일 때문에 골치 아플 일 없어. 그러니까 지금처럼 쭉! 잘 지내 보자고."

"네, 누나!"

"옳지!"

가족이 없는 인호로선 누나가 한 명 생긴다는 것만으로도 이렇게 든든할 수가 없다.

그야말로 꿈을 꾸는 것 같은 이 기분.

'잘만 지냈다면야 얼마나 좋은 사이였겠냐고!'

아무리 백년손님이라지만, 사위도 잘만 하면 가족이 될 수 있다.

바로 이처럼 말이다.

그렇게 대충 술자리가 마무리되어 가려던 그때.

인호는 주변을 살피더니 장인의 주머니에 뭔가를 슥 집어넣는다.

'선물입니다!'

푹푹 찌는 여름.

"…와, 진짜 덥네."

3/4분기의 시작을 알리는 이 찜통더위에도 지하철은 미어터진다.

꿉꿉한 지하철 안에서 한 손으로 PDA를 만지작거리는 인호.

쪄 죽더라도 투자에 대한 열정만큼은 멈출 수 없다.

[…엔저 시작, 중소기업들 긴장…]
[슈퍼 엔저 시작되나? 가격경쟁력 문제로 한국 기업들 부진 우려…]

'마침 시기가 딱 좋군!'
이제 곧 일본계 기업을 인수 합병해야 하는데, 엔화 가치가 떨어지면 이보다 더 좋을 수는 없을 것이다.

[국제유가 : -3.97%▼]
[…크루드 오일, 사실상 그로기 상태…]
[북해유전 사상 최대치 천연가스 분천물 가동 시사…]

에너지 비용이 상승했던 올해 초, 미국의 산업계는 서유럽 산유국들의 자본을 잇따라 압박하며 증산 기조를 만들기 위해 노력했다.

이제 그 노력이 결실을 거두기 시작한 것이다.

'풋옵션 나이스!'

단타, 짤짤이 옵션투자이지만, 제법 재미를 보고 있었다.

아직 청산 타이밍은 아니지만, 지금도 인호의 재산은 계속해서 증식하는 중이다.

이른 아침, 헬스장에서 장인을 만났다.

"좋은 아침입니다!"

"좋은 아침일세."

새벽에 일어나 운동을 나오는 장인의 얼굴이 예전보다 훨씬 더 많이 좋아졌다.

혈색은 물론이고 뱃살은 이미 찾아볼 수 없었다. 군살은 빠지고 근육이 많이 붙어서 몸짱 소리를 들어도 부족함이 없어 보인다.

이쯤 되니 장인의 건강이 몰라보게 좋아졌다.

"자네가 준 선물 말인데, 계속 가지고 있는 게 맞긴 한 거야?"

"아이, 참! 내년까지는 손에 꼭 쥐고 있으시라니까요?"

"…흠, 뭐, 선물 준 자네의 정성이야 내 잘 알고 있네만."

인호는 장인에게 '북해유전 탐사펀드'의 지분 3%를 증여했다.

북해유전 탐사펀드 'NSO'는 영국 왕실과 투자금융사 웨스트민스 그룹의 지원을 받아 만들어졌다.

NSO는 한화 200억의 자금으로 설립되었는데, 앞으로 1

년 동안 문어발식 자펀드 설립으로 몸집을 거대하게 불려 나갈 것이다.

"향후 펀딩자금이 한화 2천억 규모라니까요?"

"그건 그냥 목표치 아니야."

"영국 왕실이 밀어주는 펀드인데 2천억이 문제겠어요? 2조 원도 가뿐하지!"

"아니 뭐, 그것도 대박이 터져야…."

"에헤이! 저 한 번만 믿어 주세요! 진짜 터진다니까 그러시네!"

"음."

인호는 장인에게 무려 6억짜리 주식을 증여했다.

현금화가 가능한 6억 상당의 주식을 넘겨준 건 정말이지 엄청난 일이지만, 장인은 그걸 손에 꼭 쥐고 있으라는 말을 믿기 어려웠다.

"자네는 참…, 인내심도 많군."

"원래 하이리스크, 하이리턴 아닙니까! 오래 참고 인내할수록 좋은 결과로 돌아오게 되는 겁니다!"

과연 정말로 대박이 터질까.

장인은 반신반의하고 있지만, 인호는 그 누구보다도 대박을 확신했다.

'흐흐, 진짜로 터진다니까! 한 방에 쾅!'

인호가 장인에게 6억이나 되는 주식을 증여한 것에는 다 이유가 있었다.

이 6억이 나중에 무려 50배까지 오르게 되는데, 그때에 맞춰 미국에서 엄청난 쇼케이스가 벌어지게 된다.

'작전주들의 폭죽놀이가 시작되면, 이 돈을 시드머니로 해서 엄청나게 굴려 보는 거지!'

중소기업인 아성철강이 앞으로 치고 나가 발전하려면 오너 개인자산 역시 상당히 두둑해야 한다. 결정적인 순간에 사람이 작아지는 것은 비단 책임감 때문만이 아니라 돈에 대한 부담 때문이기도 하니까.

"자고로 주머니가 두둑해야 사업이 잘 굴러가는 법 아니겠습니까!"

"뭐, 그렇긴 하지."

"자, 그럼 오늘은 신나게 가슴부터 좀 조져 볼까요!"

장인을 이끌고 거울 앞 프리웨이트 존으로 향하는 인호.

이곳에서 근막을 이완해 주고 관절을 충분히 데워 부상을 방지해 줄 것이다.

같은 공단 내에 있는 스티로폼 회사에 특별히 부탁해서 만든 폼롤러로 충분히 근육을 마사지해 준다.

"어머, 아저씨, 그거 좋아 보인다! 어디서 사셨어요?"

"우리 사위가 사 준 거라, 난 잘 몰라요."

"어떻게 하는 거예요? 나도 좀 알려 줘!"

아침 시간에 에어로빅을 하러 나온 중년의 여성들이 장

인 주변으로 모여든다.

　이른 시간임에도 불구하고 꽤 많은 사람이 헬스장을 찾았는데, 그중에 최소 열 명 정도는 꼭 장인에게 이런 식으로 괜히 말을 걸곤 한다.

　"이건 우리 사위가 잘 아는…."

　"어머, 팔뚝 굵은 것 좀 봐. 아저씨 운동 오래 하셨어요?"

　"뭐, 사위 따라서 반년쯤?"

　"좋다, 좋아! 사모님이 좋아하시겠네!"

　"아…, 제가 홀아비라서, 운동 열심히 해 봐야 좋아할 사람이 딱히 없긴 해요."

　"어머머머! 어쩐지! 어딘지 모르게 마구 챙겨 주고 싶고 그렇더라니!"

　정말 인기가 엄청났다.

　사실 장인이 생긴 것만으로 치면 잘생긴 중년 배우 뺨칠 정도라서 젊어서부터 인기가 많기는 했다.

　거기에 몸까지 좋으니 아줌마들의 워너비로 손꼽히게 된 것이다.

　'…좋았어. 바로 이거였다고!'

　인호는 이 작품을 만들기 위해 무려 반년 동안이나 장인을 미친 듯이 닦달한 것이었다.

　이제는 이 작품을 세상에 내놓을 때가 되었다.

"CF를 찍자고?"

"네! 우리도 이제 광고 한번 할 때도 됐잖아요?"

"흠."

영업팀의 인력이 이제 슬슬 늘고 있고, 경기도 남부에서 세력을 확장해 서부까지 진출한 상황이었다. 이제 아성철강도 인지도를 높여 중부지방 전체로 나아갈 때가 된 것이다.

"지금 우리의 자금력이 사상 최고수준이고, 일본회사 인수를 눈앞에 두고 있잖습니까. 이 기세를 몰아 인지도를 높이려면 지금이 딱 적기라는 겁니다!"

"음…, 하긴 B2B 영업만이 능사는 아니지."

오 과장은 인호의 말에 절로 고개를 끄덕인다.

지금까지 아성철강은 회사 대 회사 영업으로만 일관해왔는데, 사실 철강이라는 것은 일상생활에서 엄청나게 많이 쓰이기에 개인을 상대로 영업하는 것 역시 좋은 전략이라 할 수 있다.

"일상을 파고드는 겁니다! 그렇게 해서 발을 넓히면, 굳이 기업시장에 집착할 필요가 없다는 거죠."

"영업물을 넓힌다…. 좋은 아이디어이긴 하군!"

"네, 그렇죠?!"

"광고모델로는 누굴 쓰면 좋으려나?"

인호는 빙그레 미소를 짓는다.

"사장님이요!"

"…누구?"

"요즘 사장님 근육 보셨습니까? 웃통 벗으면 근메스가 장난 아닙니다!"

"아하! 철강 하면 강력함! 뭐, 그게 맞긴 하네! 그런데 연예인도 아닌 일반인을 모델로 써도 되는 건가?"

"먹힌다니까요? 100퍼센트!"

인호가 중년의 장인을 유독 혹독하게 트레이닝 시킨 이유가 있었다.

2001년도는 웰빙의 시작점, 대한민국에 '몸짱' 열풍을 몰고 온 시기였기 때문이다.

"요즘 몸짱 아줌마가 대세 아닙니까! 우리는 몸짱 아저씨로 미는 거죠!"

"…음? 나쁘지 않은데?"

"흐흐, 나쁘지 않다니까요? 우리 사장님 몸을 딱 찍어 가지고 전시하고, TV에 얼굴 몇 번 내보내면 광고효과가 아주 짱일 겁니다!"

마케팅의 관건은 이 물건을 얼마나 그럴싸해 보이게 만드느냐일 것이다.

그런 면에서 본다면 인호의 전략은 아주 적절했다고 볼 수 있다.

"그런데 사장님을 어떻게 TV에 내보내?"

"후후, 다 방법이 있죠!"

"안녕하세요!"

"…네?!"

"생방송 아침세상에서 나왔습니다! 선생님이 바로 그 유명한 청천 몸짱 아저씨인가요?!"

"아…, 네, 맞습니다. 제가 그 아저씨입니다."

서울, 경기의 지방방송국인 SKBS에서는 요즘 아침시간 정보프로그램의 점유율을 올리기 위해 이슈몰이가 될 만한 것들을 정신없이 찾아다니는 중이었다.

그러던 중 그들의 물망에 오른 것이 바로 웰빙, 몸짱이었다.

이 키워드를 확장하기 위해 오매불망 경기도 전체를 뒤지고 다녔던 아침세상의 PD 안윤권은 드디어 청천시에서 그 아이템을 찾은 것이었다.

"어때요? 저희 장인어른 말입니다. 괜찮지 않아요?"

"보통 저 연세에는 집에서 소주 한 잔 마시는 낙으로 사는 아저씨들이 많은데, 윤황석 사장님은 확실히 다르시네요."

"배에 왕자는 기본이고, 다리근육까지 쫙쫙 갈라진다니까요!"

"음."

"리포터한테 배 좀 까 달라고 해 주세요!"

몸짱 아저씨의 전담 트레이너이자 사위라는 이 청년은

아까부터 장인을 못 벗겨 먹어서 안달이었다.

그렇다면 오히려 잘됐다. PD 입장에서는 몸짱이 벗으면 벗을수록 좋은 법이다.

"우리 몸짱 아저씨! 몸짱 하면 역시 배에 왕자 아니겠습니까! 한 번만 보여 주실 수 있을까요?"

"…오, 옷을 벗으라고요?"

"한 번만 보여 주세요!"

윤황석은 리포터의 재촉에 못 이겨 얼떨결에 윗옷을 위로 살짝 올려 보였다.

그러자 탄탄한 복근과 외복사근이 그 자태를 드러냈다.

"우와! 이게 뭐야?! 복근 위에서 빨래해도 되겠어요!"

"아, 아하하…."

"어멈머머! 한번 만져 봐도 될까요?"

"그… 네, 그러시죠."

리포터는 윤황석의 복근을 만져 보더니 팔짝팔짝 뛰면서 좋아한다.

"어머! 딱딱한 게 딱 제 스타…. 어머! 주책이다! 오호호!"

확실히 젊은 청년보다 나이가 제법 있는 중년이 저렇게 관리가 잘되어 있으니 눈에 확 들어오긴 했다.

'…좋은데, 이거?'

그림이 그려진다. 이 정도면 다른 방송 프로그램에서도

마구 섭외가 들어올 법도 하다.

슬그머니 미소를 짓는 PD에게 사위는 계속해서 주문을 한다.

"저희 장인어른이 사업을 하시거든요? 제법 규모가 큽니다. 철강회사 말입니다!"

"…철강?"

"탄탄한 복근이랑 딱 어울리는 직업 아닙니까?"

"음, 확실히!"

그냥 중년도 아니고 산업의 역군이 만든 엄청난 몸이라니, 이보다 더 좋은 소재가 또 어디 있을까?

PD는 작가에게 직업을 물어보라는 지시를 내린다.

그러자 곧바로 스케치북을 드는 작가.

"그나저나 선생님! 직업이 궁금한데요. 실례지만, 뭐 하시는 분이세요?"

"아, 저요? 청천시에서 작은 철강회사를 운영 중입니다."

"철강회사! 어머, 어머! 어쩐지 몸이 탄탄하다 했더니만! 원래 철강회사를 다니는 사람들은 알통이 불룩불룩 나와 있나 봐요!"

"아무래도 업종이 그렇다 보니…. 뭐, 다른 사람들보다는 힘이 좋다고 생각합니다."

"멋지다! 어머, 어머, 그럼 이제 사장님이라고 불러야겠네요! 몸짱 사장님!"

PD는 리포터의 애드립에서 뭔가 필이 팍 꽂히는 느낌을 받았다.

'몸짱 사장님! 오, 좋아!'

[…당신의 든든한 친구, 아성철강!]

"크, 죽이네!"

"…자네, 처음부터 이러려고 운동 시작한 거였지?"

"아하하! 그럴 리가요! 저는 순전히 장인어른의 건강을 생각해서 그런 겁니다만!"

몸짱 사장님이라는 타이틀이 TV를 타고 나서부터 장인을 섭외하고 싶다는 방송국의 전화가 빗발쳐 들어오고 있었다.

아침방송의 파급력이 그만큼 대단했다는 뜻이다.

'그리고 이제 막 인터넷이 보급되기 시작했으니, 입소문 타는 건 시간문제지!'

월 3만 원에 초고속 ADSL이 보급되기 시작하면서 대한민국은 이제 인터넷 물결 속으로 빠져들고 있었다.

그 물결을 타고 몸짱 사장님이라는 정보가 입소문을 타기 시작하면서 이제 장인은 '중년'의 아이콘이 된 것이다.

"장인어른! 내일부터는 바쁘시겠네요! 그래도 운동은 꼭 하셔야 하는 거 아시죠?"

"내가 말이야, 얼마나 바쁜 사람인데! 왜 꼭 방송에 내보내려는 건가?"

"회사를 위해서 아닙니까! 광고효과 모르세요?"

"허…!"

"앞으로 술은 더 줄이시고, 단백질 잘 챙겨 드십쇼. 이제 사장님이 아성철강의 얼굴이란 말입니다!"

아성철강이라는 이름이 널리 퍼지기 시작하면서 실질적인 B2C(기업 대 소비자) 영업이익이 서서히 증가하는 중이었다.

더군다나 며칠 사이에 경기도 전역에 아성철강 이름이 알려지면서 일부러 아성철강의 제품을 쓰는 기업들도 있었다.

"매출증가가 얼마나 쏠쏠한지 아십니까? 장인어른이 웃통을 한 번 깔 때마다 우리 회사 매출이 10%씩 오른단 말입니다!"

"…노렸네, 노렸어. 내가 저 능구렁이에게 또 이용을 당하다니!"

"흐흐, 장인어른 파이팅입니다!"

인호가 원한 것이 바로 이런 그림이었다.

이제 그림이 잘 그려졌으니, 이 기세를 몰아 일본으로 건너가기만 하면 되는 것이다.

제11장
백년손님이 만드는 백년기업

내리쬐는 여름의 햇살이 쏟아지는 오사카의 해변.

"…을씨년스럽네요."

"공장이 가동을 멈췄으니 당연한 일이겠지."

이곳에 자리한 아라하시 철강은 과거에 뜨거웠던 열정은 사라졌고, 이제 흉물스럽게 변해 버린 공장들만 덩그러니 남아 있을 뿐이었다.

야적장에는 먼지와 함께 산화되어 빨갛게 변해 버린 고철 덩어리들이 산처럼 쌓여 있었고, 바람만 불어도 쇠 냄새가 진동했다.

그야말로 을씨년스러움 그 자체였다.

'고철을 매입해서 쌓아 둔 것을 보면, 아예 기사회생의 의지마저도 한 번에 확 꺾인 모양이네.'

H2 등급의 일본산 고철 다음으로 등급이 높다. 해외시장에 내다 팔면 그나마 변제를 했을 텐데, 그마저도 진행할 의지가 없었던 것이다.

"생긴 건 이래도 아직 설비들은 괜찮아. 한번 볼까?"

아라하시 철강의 전 부사장 아라하시 사토루는 친구인 장인과 인호를 데리고 철강회사 시찰을 수행 중이었다.

만약 오늘 미팅에서 좋은 결과가 있다면, 아라하시 사토루는 이제 그 무거운 짐을 내려놓고 철강업계를 미련 없이 떠날 것이다.

드르륵, 쿵!

불과 4개월 전까지만 해도 한 번도 가동이 멈춘 적 없었던 아라하시 철강의 강판성형공장이 모습을 드러낸다.

"지금도 철 냄새가 나네요!"

"…당연하지. 우리 회사의 열정이 고스란히 녹아 있으니."

철을 가열하면 풍기는 그 특유의 냄새는 여전히 이곳에 베어 있다.

그 냄새와 마주한 아라하시 사토루의 표정에는 침울함과 지난 세월의 향수가 뒤섞여 있는 듯했다.

"저기 있는 게 액상압축분사방식 기계인가?"

"음…, 맞아, 얼마 전까지만 해도 연구가 한창이었던 기계지."

액상압축분사방식은 지금도 당장 성형이 가능한 방식이긴 하나, 펌프의 효율이 많이 떨어져 대량생산이 불가능하다는 단점이 있었다.

만약 그 기술이 제대로 상용화되었더라면 아라하시 철강은 한국과 중국 등을 상대로 엄청난 이윤을 거머쥘 수도 있었을 것이다.

'특히나 지금 같은 엔저 시대에는 효율이 더 좋았겠지!'

자국 통화의 절하는 수입에는 불리해도 수출에는 더없이 좋은 포지션을 만들어 낸다.

이 시기에는 상품을 많이 팔면 팔수록 경상수지가 커지기 때문에 기업의 입장에선 대대적인 확장을 꾀할 수도 있는 절호의 찬스다.

하지만 아라하시 철강은 이 절호의 찬스에 미국시장 패장이라는 역풍을 맞아 완전히 그로기에 빠져 버린 것이었다.

'안타깝지만, 별수 없지. 이런 게 기업세계라는 곳이니까!'

아무리 좋은 기술을 가졌어도 그걸 잘 활용하지 못하면 도태되는 것이 기업 생리이다.

"수압성형 말고도 일반 철강 성형방식의 장비들이 많지?"

"철근도 만들고, 냉연강판 2차 성형품을 압축해서 팔기도 했었으니까. 주문생산방식 설비도 많아."

"음."

아라하시 철강은 본래 철근사업으로 시작해서 중견기업으로 발전한 전형적인 철근회사였다.

만약 이 설비들을 아성철강 제2 공장으로 옮겨와 가동을 시작한다면 최대 250%의 생산량 증대를 노려볼 수 있다.

다만 문제는 이 장비들의 가격이었다.

"아라하시 철강에서 제시한 금액이 210억 엔이었던가?"

"맞아, 그랬었지."

"흠…."

210억 엔. 한화로 따지면 약 2,000억 상당이었다.

아성철강의 자금력으로는 배보다 배꼽이 더 클 수도 있는 상황이었다.

하나 아라하시 철강은 시간이 지나면 지날수록 점점 입장을 바꿔 갔다.

"180억 엔으로 합의 보는 게 어때?"

"그래도 한화로 1,000억이 훨씬 넘는 금액인데."

"우리도 이 정도면 충분히 양보한 것이라고 생각하네만."

지금의 철강시장은 점점 퇴보하는 중이다.

반짝 시황이 좋아질 수는 있겠지만, 그것도 잠시뿐일 것이었다.

만약 그렇다면 이곳 오사카에서 설비를 가져다 상용화할 공장이 과연 존재할까?

그렇게 아라하시 철강은 점점 감가상각을 걱정해야 할 처지에 놓이게 된 것이었다.

인호는 그 점을 노려보기로 했다.

"저희들이 드릴 수 있는 최대금액은 100억 엔입니다! 그 이상으로는 자금을 더 운용하기가 어렵네요!"

"이선증권에서 지원하는 자금 한도는 그보다 높을 텐데?"

"한도야 그렇죠. 하지만 우리 회사의 이자 부담을 생각하면 절대 그럴 수 없습니다. 사업을 하셨으니 잘 아시겠죠!"

기업에게 이자 부담이라는 것은 엄청난 압박이 된다.

아무리 제로금리에 가깝다고 해도, 그게 금리가 0%라는 말은 결코 아니다.

그러니 가만히 앉아 있어도 돈이 나가는 이자의 압박은 아성철강에게도 당연히 적용되는 말이었다.

"흠…."

"안타깝지만, 인수는 좀 어렵지 않을까 싶은데요!"

"100억이라면 우리도 좀… 그렇긴 하겠군."

"아! 정말 안타깝습니다!"

이 회사를 인수하자고 한 사람은 다름 아닌 인호였다.

하나 인호는 장인 앞에서 한 입으로 두말을 꺼내 버렸다.

인호의 옆구리를 툭툭 치는 장인.

'…뭐야? 인수하자고 한 건 자네였잖아!'

장인의 귓속말에 인호는 빙그레 웃어 보인다.

'가격을 조금 더 깎아 보자는 겁니다!'

무슨 수를 써서라도 이 회사는 반드시 인수할 것이다. 하나 인수자금을 아낄 수 있는 기회가 있는데 수백억이나 더 주고 회사를 사 간다는 건 어리석은 짓이다.

인호는 조금 더 큰 그림을 그리며 타이밍을 계산하고 있는 것이었다.

"그럼 저희들은 이만 올라가 보겠습니다!"

"…170억이라면 생각해 볼 만한데."

"저희가 조만간 다시 연락드릴 테니, 만약 추가조정의 생각이 있으시다면 그때 다시 얘기하시죠!"

어떻게 해서든 오늘 마무리를 지으려던 아라하시 철강 측은 인호의 단호함에 어쩔 수 없이 고개를 끄덕일 수밖에 없었다.

"그럼…."

"네! 조만간 뵙겠습니다!"

칼자루는 인호가 쥐고 있다.

이제 그것을 어떻게 휘두를지만 생각하면 되는 것이다.

회사로 돌아와 보니 성대한 환영식이 준비되어 있었다.

"…아버지!"

"회사에선 아버지라고 부르지 마라. 이사님이라고 불러."

"아니, 그래도 그건…!"

놀랍게도 환영식은 새로운 기술이사를 위한 것이었다.

그것도 대한민국에 몇 명 없는 제강기술 명장이었다.

'…장인의 인맥이 대단하긴 한가 보네. 딱 세 명밖에 없는 명장이 우리 회사로 오다니!'

실로 입이 쩍 벌어지는 인맥이었다.

헤드헌팅을 한다는 얘기를 익히 듣기는 했어도, 설마하니 이 정도일 줄은 몰랐다.

"경거망동하지 말고 어서 가서 일 봐라."

"어…."

"얼른!"

"네…."

장인의 인맥보다 더 놀라운 건 임함욱이라는 명장의 아들이 임 대리였다는 점이었다.

아버지 임함욱을 보고 깜짝 놀라 당황한 임 대리.

이제부터 아버지 밑에서 일하게 되었다는 사실에 약간 긴장한 것도 같았다.

'엄격한 아버지인가 보군. 스파르타식 교육이 제법 볼 만하겠는데?'

임함욱은 아성철강의 기술이사로 이직하였고, 지금부터

생산 및 기술에 관한 모든 사안을 총괄하게 될 것이다.
"내일 출근하는 줄 알고 있었는데, 일찍 나왔군?"
"선배님! 오실 거면 미리 연락 좀 하고 오시지!"
임함욱은 윤황석의 청천공고 6년 후배인데, 윤황석이 일본에서 철강기술을 배울 때 팀의 막내로 참가했었다고 한다.
그런 인연으로 임함욱이 여기까지 온 것인데, 아무리 인연이 깊다고 해도 명장이라는 사람이 회사를 옮긴다는 것은 쉽지 않은 결정이었을 것이다.
'그만큼 장인어른이 인맥관리를 잘하셨다는 뜻이겠지!'
인호가 물려받으려 하는 그 기반, 그것이 바로 이런 인맥이었다.
천운으로도 가질 수 없는 명장이라는 인력, 그것을 끌어올 수 있는 것이 바로 사람과 사람의 관계라는 것이다.
"선배님이 봤을 때, 임 대리는 좀 어떤 것 같습니까?"
깐깐한 눈빛, 고집스러워 보이는 입술. 그야말로 백전노장이 따로 없는 임함욱에게선 범접하기 힘든 포스가 흘러넘치고 있었다.
윤황석은 그런 그에게 웃으며 말한다.
"성실하지! 능력도 좋고. 차기 공장장이라는 말이 괜히 나오는 게 아니야."
"빡세게 굴려야 할 겁니다! 앞으로 공장도 확장하고 생산라인도 늘리려면 지금 상태론 힘들어요."

"임 이사께서 잘 가르쳐 보시게."

"오케이, 오늘부터 임 대리는 철야근무다!"

철야라는 말에 임 대리의 표정이 딱딱하게 굳어 버린다.

제아무리 철공에 진심인 임 대리라고 해도 아버지의 잔소리를 24시간 들을 생각을 하니 머리가 아파 오는 것이었다.

"그나저나 선배님 옆에 있는 그 친구가 이 회사 에이스라는 최인호 과장입니까?"

"아, 그래, 인사하지. 우리 회사 에이스. 최 과장, 인사드려. 임함욱 이사님이셔."

인호는 기술이사에게 꾸벅 고개를 숙인다.

"처음 뵙겠습니다! 최인호 과장입니다!"

"우리 동네에선 개천에서 용 났다는 반응이던데, 자네 생각은 좀 어때?"

"개천에서 난 용인 건 잘 모르겠습니다만 느슨한 청천시 철강업계에 긴장감을 줄 수 있다곤 생각합니다!"

"하하, 재미있는 친구로군. 그래, 그런 자세 아주 좋아!"

호탕한 사람에겐 역시 강인하고 자신감 넘치는 사람이 딱 어울린다.

임 이사는 인호가 마음에 든 모양이었다.

"동남아에서 한 건 제대로 올렸다던데, 다음 작품이 무엇인지 궁금하군그래."

"일단은… 이곳 청천시에서 제일 큰 공사 정도는 우리가 따내서 메이드 인 아성철강이라는 이름을 대문짝만하게 박아 줘야겠지요!"

"…오, 패기 넘치는데?"

"청천시 철강업계에 긴장감을 주는 사람인데, 이 정도는 해 줘야 하지 않겠습니까!"

이제 아성철강은 전력보강으로 엄청난 힘을 얻었다.

그 힘을 제2 공장에 쏟아부을 차례이다.

"최 과장, 마침 자리에 있었네요?"

"아! 김 비서님!"

이제 막 퇴근을 하려는데 김 비서가 인호를 찾아왔다.

그녀는 인호에게 면접서류를 건네주었다.

"공채 면접이 잡혔어요."

"공채요?"

"최 과장 모교에 공문을 보냈었잖아요. 그걸 보고 공채 지원자가 꽤 많이 모여들었더라고요?"

"음!"

"물론 사장님이라는 캐릭터를 잘 이용한 것도 한몫했고요."

몸짱 사장님을 돈 때문에 만든 것만은 아니었다.

경기도 전체에서 좋은 이미지를 만들어서 그걸 서울까지

가지고 간다면, 서한대에서 분명 좋은 소식이 있을 것이라고 생각한 것이다.

'이미지, 그게 인재풀이 될 수도 있는 거지!'

시스템이 갖춰지지 않은 회사는 아무리 많은 수주를 받아도 스스로 무너지기 마련이다.

그걸 받쳐 줄 인재풀을 위해 인호는 장인을 마음껏 이용해 먹은 것이었다.

"어느 부문에 지원자가 제일 많습니까?"

"개발부서가 아무래도 제일 많았죠."

"음…!"

"그런데 공채 소식을 듣고 이제 막 고등학교를 졸업한 친구들부터 포철 출신의 기술자들까지, 생산직에도 다수가 지원을 해 왔어요. 이제 지원자가 더 많이 몰릴 것 같으니 공장설립에 대한 문제라면 생각 안 해도 되겠네요."

이제 생산과 개발, 이 두 가지 문제를 해결할 수 있게 되었다.

하나 중요한 것은 사무와 영업이었다.

"사무업무에는 인력지원이 별로 없었나 본데요?"

"아무래도 대학에 보낸 공문이 공고로 들어가서 그런 것 같더라고요. 조만간 상고에도 공문이 가긴 할 건데, 경기권에 요즘 상고가 많이 없어져서 확신이 안 서네요."

최근 실업계 고등학교의 비율이 점점 낮아지면서 상업을

위주로 하는 고등학교의 비율이 극단적으로 줄어들고 있었다.

사무직을 데려오려고 해도 인재풀이 적다는 것이 단점이었다.

"흠…."

"그래도 다행히 영업직에는 꽤 많은 대학생들이 지원했더라고요."

"오! 정말요? 영업에 지원자가 없을까 봐 엄청 당황했는데! 정말 잘됐습니다!"

"첫 번째 지원자부터 쟁쟁하던데. 영업팀은 앞으로 재미가 쏠쏠하겠어요?"

"아, 그렇습니까?"

김 비서가 쟁쟁하다고 말할 정도라니.

과연 어떤 사람인지 기대가 된다.

"아 참, 내일 일정 잊지 않았죠?"

"그럼요!"

드디어 경기도 철강협회에 인호가 데뷔하게 되는 날이다.

인호는 이참에 아성철강의 영업력을 조금 더 확대해 볼 생각이다.

'아성철강이 경기도 전체를 먹는 날도 얼마 안 남았단 말이지!'

"이 친구가 윤 사장 사위?"

"아이고, 훤칠하네!"

경기도 철강협회 모임에 나온 인호에게 관심을 보이는 협회원들.

인호는 그들에게 꾸벅 고개를 숙여 인사한다.

"최인호입니다!"

"오! 목소리 쨍쨍하니 좋네! 출신 대학은?"

"서한대입니다!"

"서한대! 반가워, 나도 서한대 경영."

"반갑습니다, 선배님!"

경기도 철강협회에서도 학연은 중요하게 여긴다.

'대한민국 사회에서 연줄보다 중요한 게 어디 있겠어?'

인호는 선배들에게 깍듯하게 인사하며 경기도 철강협회에 얼굴도장을 확실하게 찍었다.

물론 장인은 그런 인호를 데리고 다니면서 자랑하기 바빴다.

"내 사위 어때? 괜찮지 않아?"

"듣던 것보다 미남인데?"

"미남은 무슨! 그냥 뭐, 서글서글하게 생긴 거지! 어유, 이 팔뚝 좀 봐! 좋지 않아?!"

이 협회는 사실 반쯤 아들 자랑을 하러 나온 자리이기 때문에 사방팔방에 잘난 청년들이 줄을 서 있었다.

하나 그들 중 외적으로나 내적으로나 인호를 이길 만한 사람은 찾아보기 힘들었다.

"요즘 엔저 때문에 다들 죽을 맛인데, 아성철강 혼자 재미 다 보고 다닌다면서?"

"재미라니. 우리도 장사 안 돼서 죽을 지경이야."

"에헤이! 그렇게 말하면 섭섭해! 자네들이 해외시장에서 꿀 빨고 있는 거 다 아는데, 그렇게 모른 척하기야?"

"험험! 뭐, 우리 사위가 길을 잘 뚫어 둔 덕분이긴 하지."

기승전 사위 자랑이었다. 그도 그럴 것이, 사장들 사이에서의 기 싸움은 후계자의 능력이 주가 되기 때문이다.

워낙 압도적인 성장세를 가져온 인호에게 사장들이 그 비결을 묻는다.

"도대체 노하우가 뭐야? 비법 좀 공개해 줘!"

"하하! 비법이 뭐 있겠습니까! 그저 성실하게, 묵묵히 일할 뿐이죠!"

"제 장인 닮아서 깍쟁이네, 에라이!"

"정말입니다! 성실하고 묵묵히 일하다 보면 좋은 날이 오는 법이죠. 안 그렇습니까?!"

미래에서 온 베테랑에게 노하우랄 게 뭐 있겠는가.

인호는 그저 웃음으로 무마할 뿐이다.

"어?! 최인호 씨!"

사장들에게 둘러싸여 있는 인호에게 어디서 많이 들어본 듯한 목소리가 들렸다.

남부제철 이희성이었다.

"오! 이희성 씨! 오랜만입니다."

"이야, 여기서 또 보게 되네요! 요즘은 입찰장에 잘 안 나오시던데. 해외 입찰 때문에 바쁘신가 봐요?"

"회사에 이런저런 일이 많아서 말입니다!"

경기도 철강협회의 모임이다 보니 당연히 남부의 이희성도 참석한 것이다.

그가 인호에게 악수를 건네며 은근슬쩍 사업제안을 해온다.

"아 참, 이번에 우리 남부제철에서 생활제품을 런칭하려고 하는데 말입니다. 아성철강이 좀 도와주실 수 있을까요?"

"생활제품이요? 저희는 철강회사인데 어떻게 생활제품을…."

"미국에서 원자재를 싸게 들여온다고 들었습니다. 요즘 시장에서 자재 구하기가 쉽지 않은데, 석유 관련 제품 좀 수입해 주실 수 있나 해서 말입니다."

"음!"

시카고상품시장에서 구할 수 있는 선물이라면 얼마든지 싸게 들여올 수는 있다. 다만 인호가 기억하는 원자재 풀은 생각보다는 넓지 않다는 것이 문제였다.

"제가 생활제품 관련 원자재는 취급을 잘 안 해서 가격 경쟁력이 별로일 것 같은데요?"

"아! 이것도 다 관련이 있는 것들입니다. 끽해야 플라스틱 정도 수입하는 거고, 도료로 많이 쓰이는 도금 소재 정도를 수입하는 것이니까요."

플라스틱은 석유 관련 제품이기에 가격 변동폭은 대충 알고 있었다. 도료 역시 전문적으로 다뤄 왔으니 어려울 것 없다.

"뭐, 그럼 그렇게 하시죠! 제안서 보내 드릴 테니 읽어 보시고 답신 주십쇼."

"아! 정말 고맙습니다. 이놈의 원자재 때문에 얼마나 고생했는지 아십니까? 아주 다크서클이 턱밑까지 내려오게 생겼습니다."

"하하! 그 정도였습니까?"

이희성이 너스레를 떨고는 있지만, 사실 원자재 수급현황은 심각할 정도로 사정이 좋지 않았다.

'중소기업에겐 혹독한 겨울이나 마찬가지겠지!'

이 겨울이 아성철강에겐 또 다른 도약의 발판이 될 수도 있다.

종합상사의 보유.

어쩌면 밸류체인의 상위 포지션으로 올라갈 절호의 찬스인지도 모른다.

이틀 뒤. 영업팀에 면접장이 차려졌고, 첫 번째 지원자가 등장했다.

"안녕하십니까! 면접번호 1번 강유리입니다!"

"…아예 생짜 신입이네?"

주 대리와 정 대리의 표정이 안 좋다.

아무래도 접대와 회식이 판치는 철강영업에 신입보다는 경력직이 더 좋다는 생각인 모양이었다.

하나 그에 반해 인호의 눈동자는 그믐날의 보름달처럼 커졌다.

'오?! 청천시 보험왕 강유리?!'

미래의 보험왕, 환국그룹 산하 보험사의 부사장까지 역임하게 되는 영업의 귀재이다.

다만 이것은 어디까지나 미래의 일이지만, 그녀가 미래에 보험의 여왕이 되는 것은 틀림이 없는 사실이었다.

인호는 속으로 무릎을 탁 쳤다.

'이래서 김 비서님이 기대해도 좋다고 한 거였구나! 와, 이건 뭐! 그냥 월척이 낚여 올라왔는데?!'

실로 대단한 사람이 들어왔다.

한데 그보다 더 대단한 것은, 그 재목을 알아본 김 비서의 안목이었다.

'날카로워!'

이 회사는 역시 김 비서가 있어야 제대로 돌아간다.

"강유리 씨!"

"넵!"

"우리 회사에 지원한 계기가 궁금하네요. 사실 우리 회사는 경리나 재무 쪽 업무 말고는 거의 금녀의 구역이나 마찬가지거든요."

"원래는 보험사에 B2B 영업직으로 취직하려 했었는데, 얼마 전 대현차그룹과 협상해 중국과의 계약을 따내고 선물옵션으로 엄청난 수익을 올린 고수가 있다고 해서 마음을 바꿨습니다!"

이건 분명 인호를 지칭하는 말임이 틀림없었다.

하나 인호는 굳이 내색하지는 않았다.

"보험이랑 철강은 결이 완전히 다른데? 공부도 많이 필요하고요. 그런데도 잘할 수 있겠어요?"

"저는 대학에서 경영학을 전공했습니다만, 마케팅에 대해 공부를 많이 했었습니다! 그래서 판매전략이라든지 영업에 대한 노하우를 많이 습득했습니다! 또한, 기업 대 기업 영업을 염두에 두었던 만큼 그에 대한 이해도 어느 정도는 가지고 있다고 자부합니다!"

역시 강단이 있다.

그녀가 보험왕이 될 수 있었던 이유는 이런 강단 넘치는 성격으로 기업과 기업 간의 보험계약을 다수 성사시키면서 빠르게 성장한 덕이었다.

'…그림이 제법 잘 나오겠는데?'

인재가 찾아왔는데 내쫓을 이유는 없다.

아니, 무슨 수를 써서라도 잡아야 하는 것이 인재다.

"대리님들, 괜찮은 것 같은데요?"

"…완전 신입이라 하나부터 열까지 죄다 가르쳐야 하는데, 괜찮겠어?"

"처음부터 잘하는 사람은 없습니다. 모르면 알려 줄 수도 있는 거고요!"

"음, 뭐, 그건 그렇지."

"빈 도화지에 제대로 된 그림을 그린다고 생각하면, 오히려 좋지 않습니까?"

여기서 영업팀이 오케이 사인을 보내면 인사팀에서 입사를 결정하게 된다.

주 대리와 김 대리는 인호의 안목을 믿어 보기로 했다.

"최 과장이 그렇다는데, 뭔가 달라도 다르겠지. 오케이! 합격!"

"아, 감사합니다!"

"대신 앞으로 불철주야 열심히 해 줘야 해요. 알겠죠?"

"넵!"

드디어 영업팀에 전력이 보강되었다.

'보험왕이 철강 쪽에서 영업을 하면 어떤 모습이려나?'

벌써부터 기대가 된다.

"…원산지를 바꿔치기한다니?"

"HMS No.1 고철이라고 써 놓고 저질 외산 고철을 들여오는 사람들이 판을 친다더군."

박윤식 서장에게서 놀라운 소리를 들은 설림.

"한데 그걸 인천을 경유해 청천시로 돌려서 이중으로 세탁을 한다는 겁니까?"

"그런 셈이지. 아무튼, 이게 생각보다 단가 차이가 많이 나서 지금 서서히 문제가 되기 시작한다는군."

고철은 그 등급에서부터 단가의 차이가 난다. 순도, 품질, 원산지 등에 따라 달라지는데, 특히 순도에서 가격이 많이 갈린다.

한데 그 고철을 후려쳐 단가를 높여 고순도 미국산 고철인 'HMS No.1' 등급으로 둔갑시켜 팔게 되면 철근의 품질에서부터 차이가 날 수밖에는 없다.

"메이드 인 USA라…. 그렇다면 어딘가에는 조력자가 있다는 뜻 아닙니까?"

"최소 미국에 회사 한두 개쯤은 있다는 소리겠지."

"흠…!"

한국이 아닌 외국에서 서포트를 해 주면 제아무리 깐깐한 사람이라고 해도 깜빡 속을 수밖에는 없다. 만약 이런 식으로 꾸준히 철근을 우회해서 들여왔다면, 지금 풀린 물량만 해도 꽤 많을 것이 분명하다.

"내 생각에는 세관에도 분명 프락치가 있어. 그렇지 않고서는 절대 이렇게 그림이 나올 리가 없거든."

"역시…."

설림에게 수사 방향을 알려 준 제부.

어쩌면 그는 세관에 도사리고 있는 더 큰 부조리를 잡아내기 위해 일부러 판을 짜놓은 것인지도 몰랐다.

"마침 잘됐어. 세관 쪽은 크게 건드린 바가 없으니 비밀수사를 진행하기에 더없이 좋겠군."

"그럼 지금 당장 수사 들어갈까요?"

"예전에도 말했다시피 이번 작전은 언더커버야. 내가 자네들에게 전담수사를 할 수 있는 건수를 던져 줄 테니까, 위장해서 행동하라고."

"전담수사의 건수라. 지금 우리에게 그런 게 있습니까?"

"있지."

서장은 설림에게 '투자사기 특별수사반'이라는 제목의 기획서를 건네주었다.

기획서의 내용은 이러했다.

최근 코스닥 상장 및 펀딩을 빌미로 돈을 뜯어내는 사례가 점점 많아지고 있는데, 이제는 기획적으로 아예 회사까지 세워서 사기를 벌인다는 것이었다.

"…제가 보기엔 이게 더 심각한 것 같은데요?"

"심각하지. 하지만 이놈들도 자금이라는 게 있으니까 움직일 거고, 그게 결국에는 문어발식 범죄로 이어진다는 뜻이야."

"설마 그럼 이 두 조직이…."

"연결되어 있을 가능성이 높아."

"아!"

박윤식은 설림에게 연계 수사를 지시했다.

"두 개를 잘 엮어 봐. 수사를 하면서 혹시라도 다른 문어발식 범죄가 밝혀진다? 그것도 자네들이 맡아서 처리해."

"…네! 알겠습니다!"

설림의 목소리에 절로 힘이 실린다.

어쩌다 보니 출셋길로 이끌어 줄지도 모를 사건들이 쏟아져 들어오지 않는가.

스르르 미소를 짓는 그녀.

지금 이 순간, 그녀의 머릿속에는 한 사람밖에 떠오르지 않았다.

'이놈의 제부가 아주 요물이네?!'

"원산지 세탁이라…."

"지금 공정위 본청에서도 난리랍니다. 이 새끼들이 워낙 조직적이라서 어떻게 잡을 방법이 없다고 합니다."

공정위 서울사무소에 날아든 원산지 세탁이라는 사건.

그로 인해 설희의 고민이 점점 깊어져 갔다.

"과장님, 아무래도 청천서랑 손잡고 공조수사를 진행하시는 게 어떻겠습니까?"

"흠."

안 그래도 동생과 공조를 진행하면서 좋은 성과를 거두었고, 경찰과 공정위 둘 사이가 그 어느 때보다 좋은 상황이었다.

하나 그녀는 한 가지 걸리는 게 있었다.

'아직 흑막이 안 밝혀졌어.'

저번 사건을 해결하는 과정에서 세관의 주요 인사 한 명이 수사 선상에서 벗어나게 되었다.

정민우야 어차피 피라미인 데다 제부가 일부러 수사 선상에서 제외되도록 상황을 꾸며 놓은 것이라 상관없었다.

하지만 고위인사라면 얘기가 달라진다.

절대 벗어날 수 없는 포위망을 뚫고 유유히 현장을 벗어난 것이니, 이건 분명 뭔가 더 대단한 흑막이 도사리고 있다는 뜻이다.

"일단 공조는 요청해 둬. 다만 비공식적으로 요청하는 거니까 검찰은 거치지 마."

"검찰 건너뛰고 바로 경찰이랑 손잡으면 약간…."

"괜찮아, 우리가 언제 검찰이랑 그렇게까지 사이가 좋았다고."

이번에는 사건의 흐름을 약간 바꿔 보기로 했다.

'제부가 어디까지 도움을 줄 수 있을지는 몰라. 그러니 우리도 나름대로는 준비를 해 둬야겠지!'

[오늘의 환율 : 1,331원]

'아주 타이밍이 기가 막히구만!'

환율이 또 올랐다.

그렇다면 이 시각, 엔화의 환율은 어떨까?

[검색 : 엔화]

[검색 중…]

지하철역에서 오늘의 첫차를 기다리면서 엔화 검색을 눌러 둔 인호.

그는 문득 주변을 둘러보며 새벽의 정취를 느껴 본다.

"최 과장님?"

"어? 강유리 씨!"

"서울에 계신다더니 같은 동네였네요?!"

면접 당시에는 주소까진 확인하지 않았기에 강유리가 같은 동네에 산다는 걸 몰랐었다.

신기함 반, 놀라움이 반이었다.

"그나저나 일찍 나가네?"

"중국어 학원 새벽반에 나가거든요!"

"오, 그래? 근면성실, 아주 좋아!"

요즘에는 외국어 하나쯤은 배워야 이 바닥에서 살아남을 수 있다는 얘기가 있다. 그만큼 글로벌 시장으로의 진출 기회가 많아지고 있다는 증거이다.

'중국어라. 음, 나쁘지 않은데?'

강유리는 감각이 아주 좋은 사람이라는 소문을 들은 적이 있다.

과연 그 감각을 철강회사에서는 어떻게 써 줄지 기대가 된다.

따르르르릉!

열차가 들어오는 소리가 들릴 때쯤 검색이 완료됐다.

[오늘의 환율 : 1달러 / 126.65엔(JP/Y)]

'많이 떨어졌군. 그래, 바로 이 타이밍이지!'

PDA를 확인하는 인호에게 강유리가 신기하다는 듯이 묻는다.

"와! 그거 엄청 대단해 보이는데요?"

"이거? PDA라는 거야. 증권사에서 줬어."

"이게 그 유명한 PDA라는 거구나! 그걸로 뭐 보고 계셨어요?"

"일본 환율이 얼마나 올랐나 궁금해서."

강유리는 환율이라는 얘기가 나오자마자 마치 기계처럼 시세를 쭉 읊기 시작한다.

"오늘 아마 126엔 정도였던 걸로 기억합니다! 다른 나라 환율도 알려 드릴까요?!"

"다른 나라 환율도 알아?"

"네! 주로 아시아 외환시장에서 통용되는 화폐들을 공부하고 있어서요!"

"오…, 그럼 아시아 시장 환율 좀 알려 줘."

"우선 제일 많이 떨어진 화폐는 필리핀 페소인데, 달러당 52.975입니다! 그 뒤를 이어서 달러당 45.63바트로, 태국의 바트화도 약세입니다! 그다음이 싱가포르 달러인데, 달러당 1.8252 싱가포르 달러입니다. 그리고 다음이 대만달러로 달러당 34.476 대만달러입니다…."

최근 아시아 외환시장은 크게 혼조세를 보이다가 엄청난 약세로 돌아서고 있었다.

이에 따라 아시아 전체 시장에 화폐 절하국면이 이어지고 있었는데, 지금의 약세장이 바로 그 증거라고 할 수 있다.

'…그나저나 이 새벽에 그걸 다 외웠다고?'

숫자를 외우는 건 어렵지 않다. 하지만 그게 당일 새벽이라고 한다면 애기가 달라진다.

환율이라는 걸 소수점까지 외우려면 추적 관찰을 하지 않고선 절대 불가능한데, 강유리는 아마 꽤 오래전부터 환율을 추적 관찰해 왔을 것이다.

"환율에 관심이 많나 봐?"

"그럼요! 영업을 하는 사람이 환율변동을 모르면 안 되잖습니까!"

"음…!"

자세가 된 사람이다.

환율에 따라 가격이 물결치듯 흔들리는 철강시장임을 생각했을 때, 오늘의 환율을 꿰고 있는 것보다 협상에 유리한 것도 없다.

고로, 강유리는 영업에 필요한 것이 무엇인지 잘 알고 행동하는 인물이라고 볼 수 있다.

'역시, 보험왕은 아무나 되는 게 아니었구나!'

단순히 말만 잘한다고 되는 부사장 자리가 아니다.

그녀는 뛰어난 분석능력과 타고난 직감, 그리고 특유의 성실함을 무기로 그 자리에 오를 수 있었던 것이다.

"강유리 씨!"

"넵!"

"앞으로 잘해 봅시다! 우리, 최고의 회사를 만들어 보자고!"

"감사합니다! 열심히 하겠습니다!"

아주 마음에 쏙 드는 부하가 들어왔다.

"싱가포르에서 철근 물량 좀 늘려 달라는 요청서가 왔어요."

"흠…."

아침부터 재무팀에서 사람이 찾아와 싱가포르 정부의 요청사항을 전해 왔다.

출하물량을 통제하는 것은 재무팀이라서 해외기관과의 소통은 통상적으로 재무팀이 담당한다.

재무팀장 하성윤은 물량을 통상 출하량 대비 15% 이상 증산해 달라고 요청했다.

"이 정도면 싱가포르에서도 만족할 것 같은데, 가능하겠어요?"

"일단 제가 공장과 창고 쪽에 한 번 알아보겠습니다!"

영업팀은 공장과 재무팀 그리고 거래처를 연결하는 매개체 역할을 한다. 만약 여기서 영업사원이 잘못 움직이면 소통에 오류가 생기게 된다.

인호는 꼼꼼하게 요청사항을 메모한 뒤, 생산부서를 찾아갔다.

쿵쾅, 쿵쾅!

시끄러운 공장의 소음이 인호의 귓전을 때려 댄다.

"어이, 거기! 내가 철근 프레스 유압조절 잘하라고 몇 번을 말해!"

"…죄송합니다!"

"에헤이! 절단기 압력 높여! 철근이 남아돌아?! 끝이 뭉개지면 다시 잘라야 하잖아!"

임함욱은 제강 명장임과 동시에 뛰어난 철근기술자다.

역시 엔지니어들을 갈구는 솜씨에서도 그 연륜이 느껴진다.

"내가 로스 비율 낮추라고 그렇게 얘기를 해도…."

"이사님!"

애써 화를 꾹 눌러 참는 임함욱에게 인사를 건네는 인호.

그러자 임 이사의 표정이 금세 풀어진다.

"오! 최 과장! 어서 와!"

"이사님이 직접 현장에 나와 계시고, 열정이 대단하십니다!"

"아이고, 이놈의 공장이 말이야, 아주 엉망이야, 엉망! 기술력은 많이 좋아졌는데, 체계가 개판이야! 하나부터 열까지 다 뜯어고쳐야겠어!"

"하하! 마음에 안 드시는 면이 있으면 당연히 손을 봐야죠! 기술이사이신데요!"

"그나저나 이 시간엔 어쩐 일이야?"

인호는 임 이사에게 싱가포르의 요청사항에 대해 전달해 주었다.

그러자 임 이사가 고개를 가로젓는다.

"안 돼! 이 정도 증산은 절대 불가능해. 요청은 거절하는 걸로 할게."

"음…! 단 5% 증산도 어려울까요?"

"지금 신형기계에 익숙해지는 것도 급급한 마당에 철근을 증산해? 말도 안 되는 소리지!"

임 이사의 말이 맞았기에 딱히 뭐라 더 꺼내지는 않기로 했다.

인호는 임 이사에게 인사를 하곤 돌아서 창고로 향했다.

창고에 남은 물량이 어느 정도 만족할 정도가 된다면 출고량을 늘릴 수도 있을 것이다.

"창고장님!"

"어이고, 최 과장! 밥은 먹었어?"

제1 창고장 강인수가 인호를 맞이한다.

꾸벅 인사를 한 인호는 창고장에게 재고에 대해 물었다.

"싱가포르에서 15% 증산 요청이 들어와서 그런데, 혹시 재고가 좀 남았을까요?"

"재고? 아이고, 15% 증산은 어림도 없지! 지금 안 그래도 창고에 자리가 남아돌아서 큰일이야! 얼른 재고가 들어와 줘야 우리도 안심하고 창고를 굴릴 텐데, 지금 이 정도론 올해 버티기도 힘들 것 같아."

"흠."

다른 회사들은 재고가 남아돌아서 문제라는데, 여긴 재고가 부족해서 문제였다.

그렇다면 증산 요청은 받아들이기 힘들다는 뜻.

'그럼 뭐, 차선책을 쓰는 수밖에는 없지!'

돈을 더 벌게 해 주겠다는데 가만히 있을 수는 없는 노릇이다.

"철근을 매입해?"

"네! 일정기준 이상을 충족시키는 장력과 강도를 가진 철근이라면 싱가포르에 보내도 되지 않겠습니까!"

"음…."

어차피 남아도는 철근, 아성철강이 경기권의 철근들을 매입해서 보내 주자는 것이다.

한마디로 하청을 주자는 얘기.

장인은 나쁘지 않다는 듯한 반응이다.

"싱가포르에 제안서를 넣어 봐. 이런 제품들이 있는데, 혹시 대신 보내 줘도 괜찮겠냐고."

"하청 요청서를 완성해서 당장 보내겠습니다!"

"좋아, 그럼 철근 매입은 내가 알아볼 테니 자네는 요청서 먼저 보내."

"넵!"

장인이 워낙 마당발이라 일 처리가 아주 빨라서 좋았다.

제안서에 넣을 자료들을 가지고 나가려는데 장인이 묻는다.

"그… 있잖아, 내 방송활동 말인데. 언제까지 해야 하는 건가?"

"방송이요? 계속하시면 좋죠!"

장인은 그다지 카메라와 친한 성향이 아니라서 모델에는 뜻이 없지만, 사위의 눈치를 보느라 때려치우지도 못하고 있었다.

"그냥 뭐, 취미활동 한다고 생각하시죠!"

"난 말이야 이 이상 관심받는 것도 싫지만, 생활이 자유롭지 못한 게 제일 힘들어. 술도 제대로 못 마시고, 이게 뭔가 싶단 말이지."

몸짱 아저씨가 술을 마신다? 이미지와 뭔가 맞지 않아 보이기도 한다.

인호는 피식 웃음을 짓는다.

"술이 드시고 싶으시면 드시면 되죠!"

"…그래도 되는 거야?"

"아이고, 안 될 거 뭐 있습니까! 사람이 술도 좀 마실 수 있고 그런 거지!"

"방송사에서 안 찾아 주면 어떡하려고?"

"그럼 그때 때려치우십쇼! 그럼 되잖습니까!"

마시고 싶을 때 마시고, 때려치우고 싶을 때 때려치울 수도 있겠지만, 장인은 절대 그런 행동은 하지 않았다.

그만큼 책임감이 막중하다는 걸 알기 때문이다.

하나 인호는 그것이 족쇄가 되면 안 된다고 생각한다.

"정말 방송이 싫어서 그러시는 거면 때려치우셔야죠! 하지만 그게 아니고 자유로운 생활 때문이라면 자유롭게 지내십쇼! 사람이 어떻게 좋아하는 것 하나도 못 하면서 살겠습니까?"

"…그렇지? 그치?!"

"그런데 장인어른, 갑자기 제게 이런 얘기를 꺼낸 이유가 뭡니까? 누가 주변에서 뭐라고 했습니까?"

장인은 어울리지 않게 약간 소심해진 얼굴로 말했다.

"…PD라는 사람이 자꾸 푸시를 해서 말이야."

"음…! 이놈의 PD 새끼를 그냥! 제가 당장 전화해서 한마디 하겠습니다!"

"아니야, 냅둬. 괜히 우리 회사 이미지만 망가지지, 뭐. 내가 알아서 잘 처신할 테니 자네는 신경 쓰지 마."

인호는 생각했다.

조만간 한 번은 기강을 잡아야겠다고 말이다.

'장인어른? 당연히 잘 대처하시겠지. 하지만 장인어른이

모델로 오래 활동하시려면 이렇게 스트레스 받아선 안 되지!'

어떻게 만든 작품인데, 말도 안 되는 인간이 망치게 내버려둘 수는 없다.

싱가포르에 하청 요청을 보낸 직후, 바로 오케이 사인이 떨어졌다.

이제는 철근의 강도와 장력만 측정하면 끝이다.

첫 번째 후보자를 찾아간 인호.

"흠…, 생각보다는 강도가 안 나오는데요?"

"우리는 HMS No.1 고철을 쓰는데, 왜 이상하게 강도가 안 나오는 건지 모르겠단 말이야. 공정이라든지 뭐, 그런 건 예전이랑 똑같은데."

인호는 가만히 생각에 잠긴다.

이 시점에서 대한민국 철근업계를 뒤흔들었던 사건이 생각났다.

바로 원산지 세탁이었다.

"혹시 어느 업체를 통해서 고철을 들여오셨습니까?"

"JSK 인터내셔널이라고, 미국산 고철을 싸게 준다잖아. 그래서 받았는데 영 아니더라고!"

"…음!"

전생에 인호가 뉴스에서 많이 들어 본 그 이름, JSK 인터내셔널이었다.

JSK는 외국계 투자회사인데, 한국 철강시장에서 여러 가지 범죄를 저질러 인터폴의 수사망에까지 오른 기업이었다.

지금은 국제상사로서 원자재를 조달해 주는 모양인데, 역시나 원산지를 속여 세탁하는 사기를 자행하고 있는 것이었다.

'이 새끼들이 중요한 시점에 태클을 걸어 버리네? 이럼 곤란하지!'

아무래도 JSK를 한국에서 몰아내든, 놈들을 잡아 족쳐 버리든.

둘 중에 하나는 해야 할 모양이다.

"JSK에서 물량 받아서 쓰기 전에 만들어 놓은 철근들은 어디 두셨어요?"

"그건 창고에서 보관 중이지."

"그럼 그걸로 강도 테스트해서 싱가포르로 보내시죠!"

"음…? 그럼 우리 회사 이번 출하물량은 어쩌고?"

"제가 직접 고철을 매입해 올 테니까 사장님께서는 그저 만들 준비만 하고 계십쇼!"

"오! 진짜?!"

"네, 그럼요! 그것도 엄청 싸게 들여와 보겠습니다!"

위기가 찾아왔다면, 그걸 기회로 만들면 되는 것이다.

"120억 엔에 제시를 해왔어. 어쩌면 좋겠어?"

"음…!"

아침부터 장인의 호출이 있어서 가 보니 아라하시 철강에서 디스카운트 제안이 왔다는 것이다.

'생각보다 빨리 왔는데?'

이쯤이면 슬슬 전화가 올 때가 되었다고 생각하긴 했었다.

PDA를 확인하는 인호.

[오늘의 환율 : 1달러 / 130엔(JP/Y)]

저번보다 엔 달러 환율이 더 올랐다.

이제 미국에서 직접적인 환율개입이 있었냐는 소리가 나올 정도로 엔화절하가 상당히 가파른 상황이었다.

엔화 가치는 이제 곧 바닥을 뚫고 들어갈 기세이다.

"115억 엔에서 합의 보시죠!"

"음…, 알겠어. 잠깐만 기다려 봐."

기업의 매입, 매각이라는 것이 생각처럼 그리 복잡지는 않다.

서로의 의견만 조율된다면 당장이라도 계약이 성사되는 것, 그것이 인수합병이다.

아라하시 철강으로 전화를 거는 장인.

"…115억 엔에 합의 보는 건 어때? 음, 그래, 그럼 그렇게 하지."

전화를 끊은 장인이 인호에게 슬그머니 미소를 지어 보인다.

계약이 성사된 모양이다.

"우리가 마무리까지 다 해 주는데 115억 엔에 합의 봤어. 매각금액으로 부채까지 상환하기로 했으니까 깔끔하게 115억 엔만 준비하면 끝이겠어."

"아싸라비야!"

"하하, 그렇게도 좋은가?"

"그럼요! 제2 공장 설립이 완수될 텐데요!"

이로써 인호가 그렇게도 바라던 품질향상과 생산력 증대가 가능해졌다.

이제부터가 진짜 시작이겠지만, 그래도 일이 깔끔하게 끝나 얼마나 다행인지 모른다.

"바로 이선증권으로 가시죠!"

일본에서 건너온 제안서를 가지고 이선증권 투자은행 부서를 찾아갔다.

담당자가 흔쾌히 출자를 승인해 준다.

"결제는 엔화로 하시는 겁니까?"

"네! 엔화로 해 주시면 됩니다."

"그럼 상환도 엔화로 해 주시는 걸로 알고 진행하겠습니다."

당분간 엔화는 절하 국면에 접어들 것이다.

앞으로 1년 동안 인호가 열심히 일하면 115억 엔은 충분히 갚을 수 있다.

투자은행의 승인으로 인해 계약은 일사천리로 진행되었다.

자금이 오가고 일본 내에서의 절차가 마무리되면서 오사카 자치정부의 승인까지 한 번에 이뤄졌다.

그동안 골칫거리고 여겨졌던 철강회사의 인수합병 소식에 일본 정부에서는 이례적인 초고속 절차를 지원해 주기도 했다.

그리하여 완수된 인수합병.

'이제 H2 고철은 우리 거다!'

무려 나흘 만에 절차가 마무리되고 자금까지 유입되었다.

지금부터 아라하시 철강의 모든 것이 아성철강의 재산이 된 것이다.

이제 오사카 공장의 부지는 아성철강의 일본 창고가 될 것이고, 그 안에 있던 재산들은 신속하게 한국으로 이동하기로 했다.

여기서 기술이사의 재량이 발동되었다.

"일본산 장비는 한국으로 들여오고, 한국에 있는 장비 중에서 철근, 강판 장비는 전부 베트남으로 옮겨!"

적절하게 장비들을 스위칭하여 설비라인을 새로 구축하고, 한국에서 생산과 연구를 동시에 진행할 수 있도록 재정비했다.

임 이사의 획일화된 정비 가이드라인 덕분에 설비는 불과 보름 만에 재정비되었다.

그러는 동안 인호는 일본에 한가득 쌓여 있던 고철을 한국으로 가지고 왔다.

"일본산 H2 고철입니다! 미국산 HMS No.1은 아니어도 이 정도면 철근 만드는 데 지장은 없으실 겁니다!"

"…오, 진짜로 구해 왔네?"

"네, 그럼요! 그것도 염가로 가지고 왔다는 거 아닙니까!"

중간에 유통마진을 최소화한 자사의 재산을 정리해서 가지고 온 것이기 때문에 고철 가격의 거품이 확 빠졌다.

평균가보다 거의 5~10% 정도 저렴한 고철 가격에 업자들은 크게 기뻐했다.

"앞으로도 쭉 조달 좀 부탁해도 되나?"

"네, 그럼요! 맡겨만 주십쇼!"

아성철강의 물산 부서로 주문이 밀려들 것이다.

이제 아성철강은 명실상부 청천시 최고의 물류회사로 거

듭나게 된 것이다.

'크! 바로 이 맛 아닙니까!'

인호가 계획했던 그림이 딱딱 맞아떨어져 갔다.

[보유종목]

[콜옵션 : 텍사스 중질유]

[풋옵션 : 북해산 크루드 오일]

[청산총액 : 8,102,301달러(US/D)

'단타가 아주 달달허쥬?!'

콜옵션과 풋옵션을 번갈아 가며 샀다 팔았다를 반복하여 총 110만 달러의 수익을 올렸다.

인호가 옵션으로 이 정도 수익을 올리는 동안, 아성철강 역시 상당히 높은 수익을 실현 중이었다.

똑똑.

재무팀을 찾아간 인호.

"옵션 수익 정산 좀 알아보러 왔습니다만!"

"안 그래도 지금 막 이선증권에서 정산금액 보내 줘서 취합해 놓은 참입니다."

이번 계약으로 인호가 결제한 금액은 7,000만 달러였다.

그 결과는 바로.

[청산총액 : 81,344,000달러(US/D)]

"총 21개 종목에서 수익이…."

"1,100만 달러네요!"

"와, 진짜 이래도 되나 싶은데. 정말 법적으로 문제없는 거죠?"

"네! 그럼요!"

인호가 짜놓은 포트폴리오의 공식은 아래와 같다.

A라는 종목이 5% 상승한다고 가정하고 B라는 종목이 10% 하락한다고 가정했을 때, 각 종목에 해당하는 스위칭 종목을 지정해서 시소전략으로 옵션을 구매했다.

이렇게 되면 하락과 상승을 동시에 컨트롤 할 수 있으며, 수익은 그만큼 극대화되기 때문에 엄청난 이득을 거머쥘 수 있다.

그나마 투자금이 적어서 이 정도이지, 만약 억대 달러화를 투자했다면 억대의 수익을 올렸을지도 모른다.

"이제 선물시장에서 떨어진 부스러기만 좀 주워 먹으면 되겠네요! 주문 들어온 원자재들 리스트 취합해서 제게 넘겨주시면 이선증권이랑 상의해서 자재 구매 들어가겠습니다!"

"…진짜 대단하시네요. 과장님 투자수익이 우리 회사 매출보다 더 많이 나올지도 몰라요!"

"하핫, 영업이익이 그것보다는 더 많이 나오도록 제가 열심히 영업을 뛰어야겠네요!"

수익이 달달하다는 건 이럴 때 쓰라고 있는 말인 모양이다.

퇴근길에 인호 핸드폰이 요란하게 울린다.

따르르르릉!

"네, 최인호입니다!"

-아이고, 최 과장! 윤일철강이야!

"유 사장님! 소식 들으셨어요?"

-그래서 연락한 거잖아. 아이고, 정말 고마워! 원자재를 그냥 뚝딱 구해서 쪼인을 해 주네!

"하하! 그러라고 물류 부문을 설립한 거니까요!"

하루 종일 거래처에서 고맙다는 전화가 빗발쳐서 입에서 아주 단내가 날 정도였다.

그래도 기분은 날아갈 듯이 기뻤다.

'이제부터가 시작이지, 뭐!'

물류 부문을 키워서 밸류체인의 상위 포지션을 잡으면, 아성철강은 이제 양방향 수익구조를 실현하게 되는 셈이다.

오후의 햇살을 받으며 집에 도착한 인호.

"우리 공주님들! 나 왔어!"

"앗, 남편이!"

"앗, 아빠다!"

"하하, 이런 귀여운 것들을 봤나!"

어느새 엄마의 말투를 그대로 배운 딸은 그 애교 스킬만큼이나 말투도 아주 예쁘게 자리를 잡아 갔다.

"헤헤, 아빠! 죠아!"

"나도 서아가 좋아! 아이고, 예쁜 것!"

"쭙쭙쭙!"

"하하하! 간지러워!"

서아의 필살기는 언제 당해도 기분이 좋다.

이제 인호는 아내와 바통터치 해서 서아를 전담하기로 했다.

"자, 이제 다녀와! 서아는 내가 볼게!"

"남편이도 쉬어야지! 너무 무리하는 거 아니야?"

"음? 나는 서아랑 노는 게 제일 재미있는데!"

"아이참…!"

정말이었다. 육아라는 게 엄청난 노동임과 동시에 극강의 기쁨을 주는 행위이다.

그렇기 때문에 인호는 육아를 하면서 지난 30여 년간의 고통을 깔끔하게 잊어 갈 수 있는 것이었다.

"걱정 말고 다녀와!"

"헤헷, 알겠어!"

아내가 즐거운 마음으로 출근을 준비한다.

그러는 동안 서아와 놀 준비에 들어가는 인호의 손이 아주 바쁘다.

"서아야, 우리 인형극 볼까?"

"아! 이녕극! 조타!"

"그래, 좋다!"

어려서부터 원래 손재주가 좋았던 인호는 직접 그림을 그려 연극을 할 만큼 작화가 뛰어났다.

덕분에 취미생활도 하고 아이를 위한 연극도 만들 수 있으니 일석이조가 아닐 수 없었다.

"자, 이건 서아 거! 이건 아빠 거!"

"헤헤헷!"

색연필을 쥐여 주면 앉아서 스케치북에 그림을 그리는데, 요즘 서아의 실력이 나날이 늘고 있다.

삭삭삭삭…!

스케치북에 흩날리듯 뭔가를 그리는 서아.

인호는 웃으며 서아에게 물었다.

"서아야, 이게 뭐야?"

"눈!"

"눈? 아! 하늘에서 내리는 눈?"

"응! 누우운!"

서아는 영특한 아이다. 미리 눈으로 본 것을 기억하고 있다가 적절히 그것을 그림으로 표현한다.

"흩날리는 것…. 오, 그러고 보니 진짜 눈 같네?"

"히힛!"

우연의 일치인지는 몰라도 정말 눈과 비슷한 걸 그려 냈다.

'알고 보니 천재였다. 뭐 그런 건 아니겠지?'

파도의 시작과 끝 329

전생의 서아가 어땠는지 생각해 보는 인호.

딸이 어떤 재능이 있었는지 곰곰이 떠올려 보았지만….

'…젠장, 모르겠네?'

세상에나, 딸의 재능이 뭐였는지조차 모르는 아버지였다니.

인호는 스스로에게 실망감을 감추지 못했다.

하나 그래도 괜찮다.

지금부터라도 딸에게 관심을 더 주고 재능을 발견해서 키워 준다면, 전생의 업보도 청산할 수 있을 것이다.

"서아, 짱이다!"

"짠!"

"하하, 짱이라고! 짱!"

"짜아안!"

"그래, 짠! 짠이라고 하자!"

"헤헤, 짜아안!"

딸과의 행복한 시간을 보내는 인호.

그런 그에게 아내가 출근길에 선물을 하나 건넨다.

"짠!"

"어? 이게 뭐야?"

"건물등기! 이제 우리에게도 빌딩이 생겼답니다!"

"오…!"

"벌써 세입자만 네 명 생겼다구우! 이 기세라면 당장 다음 달이면 만실이 될 수도 있겠어!"

"이야, 진짜로 고생 많았어!"

"헤헷, 고생은 무슨! 이게 하다 보니까 생각보다 사업이 재미있더라고! 그래서 아빠랑 동업도 시작해 보려고 해!"

"진짜?! 이야, 우리 설화 사장님! 굿입니다!"

"히힛, 앞으로도 잘 부탁드립니다!"

"넵! 물론입죠!"

아내가 꿈을 찾으니 이 얼마나 기쁜 일인가.

'이젠 건강만 유의하면 되겠군!'

조만간 병원을 한 군데 정해 놓고 정기검진을 받으면서 지낼 것이다.

그렇게 추적하며 관찰하다 보면 큰 병도 조기에 발견할 수 있을지 모른다.

'…반드시 그렇게 만들어야지!'

늦은 밤.

PD 안윤권의 발걸음이 강남의 유흥가로 향하고 있다.

"거참, 안 그러셔도 된다니까 그러네!"

"내가 사 주고 싶어서 그래! 좋은 데 가서 한잔합시다! 응?!"

방송에 협찬광고를 넣고 싶다는 사업가 세 명이 안윤권에게 로비를 하겠다고 찾아왔다.

요즘 이런 행렬이 한두 명이 아닌지라, 참으로 지갑이 빵

빵해져 가는 중이다.

술집으로 들어가려는 안윤권의 핸드폰이 울린다.

따르르르릉!

"아! 잠깐만요. 먼저 들어가들 계세요! 금방 따라갈게요."

"그래요! 얼른 와요! 우리 먼저 자리 잡고 있을 테니까!"

방송국에서 걸려 온 걸지도 모르니 일단 받고 본다.

"네, 안윤권입니다."

-야, 안 피디! 너 지금 어디야!

"저요? 강남에서 지인들이랑 한잔하고 있습니다."

전화를 건 사람은 교양국장 고진태였다.

-…와, 진짜 내가 살다 살다 별꼴을 다 겪네. 인마, 지금 시청자 게시판에 난리가 났어!

"난리라니요? 그게 무슨…."

-출연진 혹사 논란이라니, 대체 뭘 어떻게 했으면 팬클럽에서 게시판 테러를 다 하겠냐!

"네…?!"

-하, 진짜 내가 너 때문에 못 살겠다, 정말! 얼른 몸짱 사장님 팬클럽 회장한테 전화해서 잘못했다고 싹싹 빌어! 얼른!

"헉! 몸짱 사장님이요?! 아, 진짜!"

몸짱 사장님의 팬클럽 회장은 그의 사위다.

얼마 전, 윤황석에게 생활제안을 강요했던 것이 이런 식으로 부메랑이 되어 돌아온 모양이다.

"…진짜 골치 아픈 사람이네."

-골치? 하, 이 짜식아! 뭘 모르는 소리를 하네. 우리 방송국 사외이사가 누군지 알아? 이선증권이야. 그리고 그 이선증권 파트너 회사가 아성철강이고! 너 때문에 관계 틀어지면 어쩔 건데!

"헉! 정말요?!"

-건드릴 사람을 건드려. 그 사위, 이선증권 미국지사에서 밀어주는 사람이래! 아오, 진짜! 너 때문에 여럿 죽게 생겼다, 인마!

"…와, 이거 어쩌냐?"

-어쩌긴! 손이 발이 되도록 빌어야지!

안윤권은 그제야 깨달았다.

애초에 윤황석은 자기가 좌지우지할 수 있는 사람이 아니었다는 것을 말이다.

"…제가 손이 발이 되도록 빌겠습니다!"

-얼른 빌어, 얼른!

아무래도 오늘 술자리는 파하고 석고대죄를 준비해야 할 모양이다.

'인생 꼬이네, 젠장!'

『중소기업 사위의 슬기로운 회귀생활』 3권에서 계속